Petra Weise

Verlassen

- ohne Worte -

Roman

Bibliografische Information der Deutschen Nationalbibliothek
Die Deutsche Nationalbibliothek verzeichnet diese Publikation in der
Deutschen Nationalbibliografie; detaillierte bibliografische Daten sind im
Internet über http://dnb.dnb.de abrufbar

© 2018 Petra Weise
Herstellung und Verlag: BoD – Books on
Demand Norderstedt

Titelfoto: Canadastock (Shutterstock)

ISBN 9-783748-120186

\-

Es schien nur so
wie scheinheilig oder scheinbar.
Nichts ist so wie es scheint
und es scheint nichts so wie es ist.

Inhalt

Geburtstag

„Du musst es ihr sagen!"

Nicole legt ihre Hand auf Torstens Arm und schaut ihm ernst in die Augen.

Torsten schüttelt den Kopf.

„Das kann ich nicht."

„Du musst, denn es ist wichtig, dass du mit ihr sprichst. Sie wird lernen, damit zu leben."

„Wie soll sie lernen, ohne mich zu leben? Anja liebt mich, das weißt du."

Die junge Frau nickt.

„Ich weiß. Und genau deshalb ist es wichtig, ihr alles zu erzählen. Anja hat ein Recht auf die Wahrheit."

Wieder schüttelt Torsten seinen Kopf.

„Ich weiß, dass ich sie verlassen muss, aber sagen kann ich es ihr nicht."

„Du musst!", wiederholt Nicole.

Widerwillig steht Torsten auf.

„Wir treffen uns morgen gleich nach dem Mittag und ich möchte, dass du mir dann berichtest, wie das Gespräch verlaufen ist."

Dabei klopft sie wie mahnend mit ihren Fingern auf den Tisch und schaut Torsten ernst an, als könne sie ihn mit ihrem Blick lenken.

„Nicole! Ich bitte dich!"

Sie steht ebenfalls auf, umfasst mit beiden Händen seine Hand und schaut ihn nochmals eindringlich an. Ihr Blick wird sanft, als sie fragt: „Möchtest du, dass *ich* mit deiner Frau spreche, dass ich ihr alles erkläre?"

Ruckartig entzieht ihr Torsten seine Hand.

„Nichts wirst du!", faucht er wütend. „Das ist allein meine Sache."

„Wie du willst. Ich kann dir keine Zeit mehr geben. Verstehst du das nicht?"

Torsten fühlt sich unter Druck gesetzt. So etwas verträgt er gar nicht. Nicole hat leicht Reden, sie hat weder einen Partner noch Kinder. Sie ist frei und kann sich vermutlich nicht vorstellen, wie es ist, die Familie zu verlassen und ihr brutal zu sagen, dass es keine gemeinsame Zukunft geben wird.

*****

Eilig verlässt Torsten den Raum, in dem er seit einer guten Stunde mit Nicole spricht. Die sonst so sanfte und verständnisvolle Nicole hat ihn soeben als Feigling beschimpft, weil er sich weigert, Anja die Wahrheit zu sagen. Doch er bringt es einfach nicht übers Herz, ihr diesen Schmerz zuzufügen, ihr zu beichten, dass sie verlassen wird. Sehr bald schon. Am besten gleich heute oder morgen.

Torsten hat lange darüber gegrübelt, wie er Anja erklären soll, dass er sie verlassen muss. Er ist zu keinem Schluss gekommen. Denn sobald er sich ihr Gesicht vorstellt, wie er ihr genau das sagt, was Nicole von ihm verlangt, weiß er, dass er dazu nicht fähig ist. Er weiß nur, dass er gehen muss und hat sich längst entschieden. Doch er wird Anja keinen reinen Wein einschenken, er wird einfach seine Sachen packen und verschwinden. Ohne Abschied. Ohne Tränen.

Ihm graut davor. Ihm graut heute sogar vor seinem Zuhause, seinem großen Haus, in dem er seit fast zehn Jahren mit seiner Frau und den beiden Töchtern lebt. Es ist ein schönes Haus, das er damals passend für seine Familie bauen ließ. Doch ihm nützt dieses schöne geräumige Haus nichts mehr. Er wird seine Sachen packen und gehen. Nur heute nicht. Heute ist ein denkbar ungünstiger Tag, denn heute ist sein Geburtstag, der vierzigste.

Anja wird bereits auf ihn warten. Er hat versprochen, pünktlich daheim zu sein, doch er hat keine Lust. Keine Lust auf Anja und erst recht keine Lust auf Torte und schon gar keine Lust auf eine fröhliche Feier mit den Freunden am Abend.

Nur auf seine beiden Mädchen freut er sich.

Sofie ist vierzehn Jahre alt, Marie zwölf. Sie zu verlassen wird ihm schwer fallen, sehr schwer. Doch es muss sein, sein Entschluss steht fest.

*****

Marie springt jubelnd auf ihn zu und ruft: „Papa, ich habe eine Zwei in Englisch."

„Das wurde auch Zeit! Ich dachte schon, du bist zu dumm, solch eine einfache Sprache zu begreifen."

Marie lacht. Sie fasst den Spruch als Scherz auf.

Doch Anja schaut ihren Mann verwundert und gleichzeitig fragend an, denn sie hat den scharfen Ton in seiner Stimme bemerkt. Trotzdem geht sie lächelnd auf ihn zu, um ihm den Begrüßungskuss zu geben.

„Lass das!", faucht er und dreht sich zur Seite.

Erschrocken weicht sie einen Schritt zurück.

„Gab es Ärger in der Kanzlei?", fragt sie mitfühlend.

Torsten ist ein sogenannter Workoholic, ein Arbeitswütiger, der nahezu täglich bis spät in die Nacht hinein arbeitet. Ihm fällt es schwer, sich von der Arbeit loszureißen. Meist bringt er einen ganzen Stapel Akten mit nach Hause, um die aktuellen Streitfälle durchzusehen. Anja schätzt seinen Ehrgeiz und seine Zuverlässigkeit, obwohl sie sich manchmal wünscht, dass er mehr Zeit für sie und die Mädchen hätte und auch, dass er hin und wieder von seiner Arbeit erzählt. Doch das tut er nicht. Wichtige Dinge behält er ohnehin für sich und unterrichtet Anja nur vom Ergebnis, aber auch nur dann, falls es sie direkt betrifft.

Sie vermutet Ärger in der Kanzlei, der vielleicht mit der neuen Datenschutzverordnung zusammenhängt. Sie weiß, dass deshalb viel umgestellt werden muss, was zusätzliche Arbeit bedeutet.

Doch heute ist er wie versprochen pünktlich zum Vesper daheim, worüber sich Anja sehr freut. Seine üble Laune freut sie allerdings nicht.

„Was geht dich das an?", brummt er.

Mürrisch und kurz angebunden ist Torsten immer, doch normalerweise fährt er ihr nie derart grob über den Mund. Die meisten Leute empfinden ihn als abweisend und direkt unfreundlich. Sogar ihre gemeinsamen Freunde stören sich an Torstens schroffer Art.

„Kümmere dich um deinen eigenen Kram!", fordert er barsch und zeigt auf die Küchenzeile.

„Gibt es keinen Kaffee?"

„Er ist bereits fertig. Ihr könnt euch an den

Tisch setzen."

Anja greift nach der Kaffeekanne. Doch sie muss sich erst einmal sammeln, bevor sie die Kanne zum Tisch trägt. Sie glaubt zwar, dass Torstens üble Laune nichts mit ihr zu tun hat, trotzdem ist sie irritiert. So grob kennt sie ihn nicht. Und sie will auch nicht, dass er seinen Frust, was immer die Ursache sein mag, an ihr auslässt.

Sofie betritt leise die Stube. Sie trägt ihre Gitarre im Arm und stellt sich neben Marie. Beide Mädchen strahlen übers ganze Gesicht und singen: „Happy birthday to you ..."
Weiter kommen sie nicht.
„Müsst ihr ausgerechnet englisch singen?", fährt Torsten wütend dazwischen und wendet sich ab.
Erschrocken schauen die Mädchen ihren Vater an. Anja geht schnell zu ihnen und legt ihre Hände beruhigend auf die Schultern.
„Euer Vater hatte ausgerechnet an seinem Geburtstag einen harten Tag", erklärt sie.
„Wie kommst du darauf?"
Er verzieht sein Gesicht und zeigt auf den Tisch.
„Ich habe nur keine Lust auf eklige Sahnetorte, ein Wurstbrot ist mir lieber."
Anja weiß das, doch zum Geburtstag gehört

nun einmal Torte. Trotzdem fragt sie: „Soll ich dir eine Schnitte mit Salami machen?"

„Das kann ich selbst", brummt er.

„Eben. Das kann er selbst", echot Marie. „Warum meckerst du heute dauernd?"

„Werde nicht frech, Fräulein!", schimpft Torsten und schaut seine Tochter drohend an.

Doch Marie kichert. Sie vertraut darauf, dass ihr Vater sie liebt und nur derbe Scherze macht.

„Du bist ein alter Brummbär!", tadelt sie lachend.

In Torstens Augen blitzt es. Schnell dreht er sich weg und setzt sich an den Tisch. Zuerst schiebt er das Gedeck zurück.

„Die Mädchen können nichts für deinen Ärger und ich auch nicht. Heute ist dein Geburtstag, den möchten wir in Ruhe und vor allem fröhlich mit dir feiern."

Anja versucht, ihre Stimme normal und ruhig klingen zu lassen. Doch so richtig will ihr das nicht gelingen. Sie versteht nicht, weshalb sich Torsten heute so aggressiv verhält.

„Schneidest du die Torte an?", bittet sie freundlich.

Das Teilen der Geburtstagstorte ist ein festes Familienritual, das immer sehr feierlich vom jeweiligen Jubilar ausgeführt wird.

Doch Torsten greift nicht zum Messer. Er springt vom Tisch auf, wirft dabei den Stuhl um

und brüllt: „Ach, lasst mich doch in Ruhe!"
Dann geht er hinaus auf die Terrasse. Die Balkontür lässt er offen, obwohl es kalt ist. Es hat den ganzen Vormittag geregnet, doch inzwischen riecht die Luft nach Schnee. Es wäre der erste in diesem Winter.

Sofie hat ihre Gitarre an die Wand gelehnt. Sie sitzt auf ihrem Stuhl und weint, während Marie das Messer nimmt und ein Stück Torte schräg vom Rand abschneidet und mit Schwung auf ihren Teller kippt.

„Pardon!", nuschelt sie, zeigt auf die Sahnekleckse, die auf dem Tisch liegen, und beginnt ungerührt zu essen. „Lecker!"

Anja lächelt. Ihre etwas ungestüme kleine Tochter nimmt alles wie es kommt. Sie wartet nicht ab, sondern handelt, während sich die eher stille Sofie schnell gekränkt zurückzieht und viel grübelt. Anja greift zum Messer und halbiert die Torte. Wie in jedem Jahr hat sie die Torte selbst gebacken und zwar eine Schokosahne-Torte mit Birnen, viel Schokolade und noch mehr Sahne. Die Zubereitung war recht aufwändig und die Mädchen haben mehr genascht als geholfen. Doch sie haben alle drei viel gelacht dabei.

Jetzt ist ihr nicht mehr zum Lachen zumute. Anja stellt ein großes Stück auf Sofies Teller und sagt: „Lass es dir schmecken, meine Große."

Sich selbst nimmt sie das Stück, das von Maries ungeschicktem Herauslösen ein eher undefinierbarer brauner Sahneberg ist.

„Ich will auch noch eins!"

„Möchte bitte", korrigiert sie.

Marie verdreht die Augen.

„Lecker!", lobt nun auch Sofie.

Sie hat aufgehört zu weinen. Doch zuckt sie zusammen, als Torsten zurück ins Zimmer kommt und die Balkontür laut zuschnappt.

„Ich muss noch mal weg", brummt er.

„Warte! Willst du nicht mit uns essen?", fragt Anja.

„Hast du nicht gehört, dass ich weg muss?"

Anja schluckt ihre Antwort hinunter. Sie versteht Torsten nicht. Warum will er ausgerechnet jetzt weg und wohin?

„Vergiss bitte nicht, dass wir uns am Abend mit unseren Freunden treffen!", erinnert sie ihn.

„Es ist *mein* Geburtstag und den feiere ich, mit wem *ich* will", sagt Torsten gereizt.

„Wenn du nicht mit ihnen feiern willst, rufe sie bitte an und sage ab!"

„Das machst du gefälligst selbst, schließlich hast du sie eingeladen!"

Anja ist anzusehen, dass sie längst wütend ist und Torstens Grobheiten nicht mehr hinnehmen wird.

„Papa! Sei doch fröhlich! Heute ist Geburtstag."

Marie klatscht in die Hände und lacht ihren Vater an.

„Ich habe extra für dich meinen Musikunterricht ausfallen lassen", flüstert Sofie.

„Ich habe dich nicht darum gebeten."

Sofie rutscht tiefer in ihren Stuhl und bemüht sich, nicht schon wieder zu weinen.

Torsten verlässt eilig das Esszimmer und ruft dabei: „Ich komme nach."

Fast gleichzeitig schlägt die Wohnungstür zu.

„Ob er den Gasthof meint?", überlegt Anja laut.

„Logo."

Marie lacht. Sie fährt mit ihrem Zeigefinger über den Teller, um die letzten Sahnereste aufzuschlecken.

„Papa ist eben ein Brummbär. Und jetzt ist er außerdem alt, alt und mürrisch wie ein Opa."

„Opa ist gar nicht mürrisch", korrigiert Sofie, „eher die Oma."

„Wo sind die beiden überhaupt?"

Marie schaut sich in der Stube um, als hätten sich die Großeltern irgendwo im Raum versteckt.

„Euer Vater wollte mit seinen drei Mädels allein sein an seinem Geburtstag."

„Aber Mama! Du bist doch kein Mädel!", empört

sich Marie kichernd.

„Und jetzt sind *wir* allein", murrt Sofie und kratzt mit den Fingern auf ihrer Hose, als müsste sie einen Fleck beseitigen. „Der Papa ist weg, hat uns einfach sitzenlassen. Und doof ist er heute auch."

„Sofie!", mahnt Anja streng.

„Ist doch wahr", verteidigt sich das Mädchen. „Jeden hat er angeblafft, als wären wir ihm zuwider."

Insgeheim stimmt Anja zu, doch laut sagt sie: „Er meint es nicht so. Sicher hatte er Ärger in der Kanzlei. Ihr kennt das schließlich aus der Schule, wenn ein Streit euch die Laune verdirbt. Am nächsten Tag ist alles vergessen."

„Schön wär's!", nuschelt Sofie. Dann fügt sie hinzu: „Wir dürfen nicht so herummotzen wie der Papa."

Sie verdaut garstige Worte des Vaters nicht so leicht. Meist grübelt sie lange darüber nach und spricht mehrere Tage nicht mit ihm. Sie will ihn damit strafen, doch meist merkt er das gar nicht.

„Ach was! Der hat die Midlife-Krise, das ist bei Männern so. Wenn sie alt werden, nehmen sie sich eine junge Frau, das habe ich selbst gelesen."

Marie schaut mit hochgezogenen Brauen zwischen ihrer Mutter und Schwester hin und her, als wäre sie stolz auf ihre erklärenden Worte.

„Glaubst du wirklich?", flüstert Sofie ängstlich. Sie überlegt, was aus ihr werden soll, falls der Vater tatsächlich die Familie verlässt. Und schon wieder steigen ihr die Tränen in die Augen.

„Klar! Das ist so!", bestätigt Marie.

Anja schaut Marie streng an. „Du redest Unsinn." Eilig steht sie auf. „Wenn ihr nichts mehr essen wollt, helft mir bitte beim Abräumen!"

Sofie greift nach den Tellern und stapelt sie übereinander, während Marie mit ihrem Finger Sahne von der Torte schleckt.

„Lass das!", tadelt Anja, doch sie lächelt dabei.

*****

Torsten läuft eilig die Straße entlang und ärgert sich, weil er den Autoschlüssel nicht mitgenommen hat. Wenigstens steckt der Geldbeutel wie immer im Mantel. So kann er ein Taxi rufen. Doch wohin könnte er sich fahren lassen? Als erstes fällt ihm Nicole ein. Doch sie würde ihm zu viele Fragen stellen, die er nicht beantworten will. Nicht jetzt und auch nicht später.

Wütend beschleunigt er seinen Schritt in Richtung Innenstadt und steht plötzlich vor dem

Haus von Anjas Eltern. Die hätte er fast vergessen, obwohl sie bisher bei jedem Familienfest dabei waren.

Unschlüssig betrachtet er die Tür zum Haus und überlegt, ob er hineingehen soll. Doch er tut es nicht, denn sie würden sich darüber wundern, dass er so allein bei ihnen aufkreuzt. Er weiß, das sie ihn mögen. Er mag sie auch. Solche Eltern hätte er selbst gern gehabt.

*****

Seine Mutter verstarb mit nur dreiundfünfzig Jahren. An seinen Vater kann er sich nicht mehr erinnern, weil er die Familie verlassen hatte, als Torsten noch sehr klein war. Es gab noch einen Bruder. Auch an den erinnert sich Torsten nicht, obwohl in der Wohnung der Mutter unzählige Kinderbilder von ihm an den Wänden hingen und auf der Anrichte standen.

Die Mutter erzählte nahezu täglich die immer gleiche Geschichte mit immer den gleichen Worten: „Dein Bruder sah seinen Vater auf der anderen Straßenseite und lief ihm entgegen. Da kam ein Auto und überfuhr ihn."

Während der ersten Jahre sprach sie diese Worte stockend und weinte dabei, später klangen sie wie eine Formel in einer fremden Sprache, völlig emotionsfrei.

Zu allem Übel war Torsten nicht so ein wunderbares Kind wie sein verstorbener Bruder. Er hatte keine Locken wie er, konnte nicht so hinreißend lachen wie er und nicht einmal so geschickt wie er einen Ball fangen. Das ließ ihn die Mutter spüren, Tag für Tag und Jahr für Jahr.

Das hatte er einfach nicht mehr ertragen können und packte bereits mit sechzehn Jahren seinen Rucksack und ging fort. Fast vier Monate lang lungerte er auf der Straße herum, besuchte keine Schule und kroch mal hier und mal da unter.

Einmal versteckte er sich in einem Keller und wurde prompt vom Hausherrn entdeckt, der sofort die Polizei alarmierte. Dabei hatte er nichts gestohlen, nur ein Glas eingeweckte Kirschen geöffnet und leergegessen.

Die Polizei lieferte ihn wie ein Paket daheim bei der Mutter ab. Nun musste er sich täglich anhören, dass er einen ebenso schlechten Charakter wie sein Vater habe, weil er genau wie dieser einfach davonlief. Ohne Abschied. Ohne Erklärung.

Es kam zu einer Gerichtsverhandlung und er musste als Strafe drei Wochen in einem Pflegeheim arbeiten. Diese Arbeit gefiel ihm gar nicht. Deshalb lehnte er das Angebot, Alten-pfleger zu lernen, entschieden ab. Auch technische Berufe interessierten ihn nicht. Und eine Tätigkeit im Büro stellte er sich schrecklich langweilig vor. Natürlich war ihm klar, dass er einen Beruf erlernen musste. Schließlich zwang ihn Mutter, in der Kanzlei eines Bekannten eine Lehre zu beginnen. Rechtsfachangestelter – das klang viel hochtrabender als es war. Anfangs kopierte er stundenlang irgendwelche Akten, doch ab dem dritten Lehrjahr führte er selbständig die gesamte Korrespondenz der Kanzlei, koordinierte Termine und bereitete die Unterlagen vor, die die Anwälte für Mandantengespräche oder für das Gericht benötigten. Von da an machte ihm die Arbeit Freude.

Sofort nach dem Ende der Lehrzeit zog er daheim aus.

Nach zwei Jahren vergrößerte sich die Kanzlei. Es gab jetzt acht Anwälte, eine Sekretärin und eine Auszubildende. Und Torsten nutzte die Gelegenheit, sich zum Rechtsfachwirt weiterzubilden. Als Rechtsfachwirt hatte er viel mehr Möglichkeiten als ein Anwalt, was die Arbeit interessant und abwechslungsreich machte und ihn zudem in der Kanzlei unentbehrlich.

*****

Die Haustür öffnet sich, ein Mann tritt heraus.

„Guten Tag, Herr Lohmann, Ihre Schwiegereltern sind leider nicht daheim."

„So ... vielen Dank."

Erleichtert dreht sich Torsten um und schmunzelt amüsiert. Lohmann heißen seine Schwiegereltern, sein Name ist Leitner.

Er geht weiter Richtung Innenstadt. Dort setzt er sich ins *Vapiano*, sein Lieblingsrestaurant und bestellt einen Gin Tonic. Anja mag das Vapiano nicht und zwar genau aus dem Grund, aus dem ihm dieses Lokal so angenehm ist. Man geht an die Theke und wählt seine Lieblingspasta aus, danach die anderen Zutaten, die direkt vor seinen Augen zubereitet werden. Ihm gefällt das, Anja nicht. Sie fühlt sich hier wie in einer Betriebskantine.

Unwillkürlich muss Torsten lächeln, als er an Anjas Begründung denkt.

Sie hat für heute Abend einen Tisch im *Cortina* bestellt, weil man dort gemütlicher sitzt und vor allem normal bedient wird.

Anja. Torsten denkt daran, wie er seine Anja kennenlernte. Es war die sogenannte Liebe auf den ersten Blick, als er in ihre großen blauen Augen schaute. In diesen wunderschönen Augen konnte er lesen wie in einem Buch und wusste auch dann, was sie denkt, wenn sie nichts sagte. Dass Anja nicht so fröhlich schnatterte und albern kicherte wie die Mädchen, die er bisher kannte, gefiel ihm sofort. Er mochte ihre stille und doch sehr bestimmte Umgangsart, ihre Art zu gehen und zu lächeln, eigentlich mochte er alles an ihr. Irgendwie war beiden sofort klar, dass sie zusammenbleiben und Kinder haben wollten. Alles war perfekt. Die beiden Mädchen wurden geboren, sie zogen in ihr neues, wunderschönes Haus – so hätte es bleiben können.

So wäre es mit Sicherheit auch geblieben, wenn er nicht vor vier Monaten Nicole kennengelernt hätte. Er ist jede Woche, manchmal öfter bei ihr. Seitdem ist alles, was Nicole sagt, äußerst wichtig für ihn.
Und jetzt verlangt sie, dass er Anja alles erzählt. Doch das kann er nicht. Wie sollte er ihr in die Augen schauen, wenn er ihr sagt, dass er sie verlassen wird? Sie und die Mädchen. Dass es kein Zurück mehr gibt. Er schafft das einfach nicht.
Torsten denkt an Anja und gleichzeitig an Nicole. Die beiden Frauen haben nichts gemeinsam und unterscheiden sich schon äußerlich voneinander. Anja ist ein sehr weiblicher Typ, den sie mit Blusen und Kleidern betont, Nicole dagegen eher sportlich in

bequemen Freizeithosen, Pullis und flachen Schuhen. Ihre glatten braunen Haare bindet sie einfach zusammen, während Anja ihre weichen Locken gern offen trägt. Allerdings benutzt keine der beiden Frauen Schminke oder Parfüm. Für Anja zählt vor allem die Familie, der sie alles andere unterordnet. Nicole lebt allein und genau wie Torsten mit vollem Einsatz für die Arbeit. Er kennt niemanden, der sich derart für seinen Job engagiert wie Nicole. Das Einzige, was ihm an Nicole nicht gefällt, ist ihr übertriebener Perfektionismus, der schon an Kleinlichkeit grenzt. Sie toleriert nicht den kleinsten Fehler und duldet keine Halbheiten. Dass er sich weigert, mit Anja zu sprechen, hat sie direkt wütend gemacht. Aber er lässt sich nicht erpressen.

Missmutig schaut er in sein Glas und dreht es hin und her.

Mit seinen Gedanken ist er in der Kanzlei - bei diesem fürchterlichen Streit zwischen ihm und Georg, seinem Chef.

*****

Die Anwälte, Sekretärin, Praktikantin und der Lehrling stießen mit einem Glas Sekt auf sein Wohl an, dankten ihm für die Platte voller Kuchenstücke und wünschten ihm ein langes

Leben in bester Gesundheit.

Torsten wusste nichts zu sagen. Dass er eher wortkarg und nie zu Späßen aufgelegt ist, sind seine Kollegen gewöhnt. Er hob nur kurz wie entschuldigend beide Arme und ging aus dem Raum.

Heute Morgen folgte ihm Georg, der Inhaber der Kanzlei, und fragte: „Was ist los mit dir?"

„Was geht's dich an?", fauchte Torsten.

Überrascht schaute Georg auf. Solch eine hochfahrende Reaktion hatte er nicht erwartet.

„Dass du in letzter Zeit ständig gereizt bist, geht mich sehr wohl etwas an."

Torsten schaute aus dem Fenster. Dann drehte er sich um und erklärte ungehalten: „Ich mache meine Arbeit und habe keine Zeit für sinnloses Geschwätz."

„Wir haben alle keine Zeit und befinden uns im Alltagsstress."

„Stress kenne ich gar nicht. Stress ist fehlende Selbstkontrolle, was wohl auf dich und so manchen Mitarbeiter zutrifft. Auf mich nicht!"

Diese Worte hatte er nicht wie üblich in ruhig-bestimmtem Ton gesagt, er hatte sie seinem Chef feucht ins Gesicht gespuckt, was ihm noch nie vorher passiert war.

Unauffällig wischte sich Georg übers Gesicht und Torsten überlegte, woher er diese Geste kannte.

„Du verbreitest eine ungute Stimmung."

„Ich bin nicht zu eurer Unterhaltung hier."

Georg schüttelte den Kopf.

„Das nicht. Doch dir sind in letzter Zeit einige Termine durch die Lappen gegangen."

„Noch was?"

Torsten baute sich breitbeinig vor Georg auf, was auf diesen direkt aggressiv wirkte.

„Meinst du, ich sehe nicht, was mit dir los ist?" Die Stimme des Chefs klang mitfühlend.

Erschrocken schaute ihn Torsten an.

„Du hattest in letzter Zeit häufig Termine außerhalb, obwohl es dafür keine Einträge gibt."

„Kontrollierst du mich jetzt?", fuhr Torsten seinen Chef an.

„Wenn ich dich nicht besser kennen würde, würde ich glauben, du hast ein Verhältnis."

Eigentlich wollte Georg diesen Verdacht nicht so direkt aussprechen, doch nun war es gesagt.

„Das wäre allein meine Privatsache und geht dich überhaupt nichts an!"

Georg registrierte, dass Torsten zwar nichts abstritt, doch immerhin verdächtig aggressiv reagierte.

„Du hast dich verändert, mein Freund", meinte er versöhnlich.

„Ich bin nicht dein Freund!", blaffte Torsten und schaute Georg böse an.

Gekränkt und zugleich verärgert konterte er: „Du bist auch kein guter Mitarbeiter mehr. Seit einigen Wochen lässt du deine Arbeit schleifen. Man kann sich nicht mehr auf dich verlassen."

Wieder drehte Torsten seinem Chef den Rücken zu und schaute aus dem Fenster. Weit unter ihm schlängelte sich eine Fahrzeugschlange den Berg hinauf. Er zog die Schultern hoch und wirkte dadurch wie ertappt.

„Hast du Probleme? Ich meine, ist etwas mit Anja oder den Mädchen?", erkundigte sich Georg teilnahmsvoll.

Unvermittelt drehte sich Torsten um und schrie: „Ich habe keine Probleme. Aber du wirst gleich ein Problem haben. Ich kündige! Und zwar mit sofortiger Wirkung."

„Langsam, langsam."

Georg wollte seine Hand auf Torstens Arm legen, doch der warf ihn mit Schwung zurück und streifte dabei derb Georgs Schulter.

„Arbeit für Fremde ist ein erbärmlicher Krückstock. Ich brauche so etwas nicht. Und dich und deine ätzende Kanzlei brauche ich schon gar nicht."

Breitbeinig baute er sich vor seinem Chef auf und verschränkte die Arme so, als wolle er damit eine Mauer anzeigen. Georg konnte und wollte eine derart heftige Abfuhr nicht hinnehmen.

„Dann kündige ordentlich!"

Das verlangte er so ruhig es ihm trotz aller Aufregung möglich war.

„Du als Fachwirt weißt am besten, wann und wie es sich gehört."

Torsten stürmte mit langen Schritten zur Tür und schrie: „Scheiß drauf!" Dann lachte er höhnisch fügte fast spöttisch hinzu: „Sieh zu, wie du deinen Saftladen ohne mich betreibst!"

Daraufhin verließ Torsten eilig das Zimmer und schmiss mit Wucht die Tür hinter sich zu. Aus den Augenwinkeln sah er, wie zwei Köpfe aus den Nachbarzimmern hervorschauten, doch er sah sich nicht um. Grußlos ging er an der Sekretärin vorbei, die direkt im Eingangsbereich an ihrem Schreibtisch saß und ihn verdutzt anschaute.

Er ging sofort zu Nicole. Doch das hätte er sich schenken können. Denn statt ihn zu verstehen, verlangte sie, dass er endlich mit Anja spricht und ihr reinen Wein einschenkt.

Reinen Wein einschenken – das klingt immer so freundlich. Dabei bedeutet es, jemandem ohne Ausflüchte eine eher unangenehme Wahrheit zu sagen. Diese Redewendung stammt aus dem Mittelalter, als die Wirte ihren Wein heimlich mit Wasser verdünnten und somit ihre Gäste betrogen.

Der Wein lässt sich leicht verdünnen, die Wahrheit nicht. Torsten kann seine Mädels nicht nur ein bisschen verlassen – das Verlassen funktioniert nur ganz oder gar nicht.

Übermäßig freundlich war Torsten nie gewesen, eher distanziert und wortkarg. Respekt und Achtung – mehr brauchte er nicht. Auch keine Freundschaften. Dafür war seine Frau zuständig. Sie pflegte die Kontakte und organisierte die Termine für geselliges Beisammensein.
So wie heute.

*****

Noch eine Stunde, dann kommen seine Freunde ins Lokal. Eigentlich müsste er vor dem Treffen dringend duschen und sich umziehen. Doch dazu müsste er noch einmal nach Hause, wozu er überhaupt keine Lust verspürt. Der Tag scheint ihm so oder so verkorkst, da kommt es nicht darauf an, ob er übel riecht oder nicht.
Anja hat nur drei Paare eingeladen, weil er keine große Feier wollte. Eigentlich will er überhaupt keine Feier. Doch nun ist es wie es ist und er muss da durch. Sofort verschlechtert sich seine ohnehin miese Stimmung noch mehr

und er nimmt sich vor, heute die Bombe platzen zu lassen. Er ist gerade in der genau richtigen Stimmung dafür. Außerdem muss es sein.

Langsam geht er zur Kasse, zahlt sein Getränk und geht die wenigen Schritte bis zum nahen Lokal.

*****

Anja sitzt bereits an der hinteren Tafel, springt sofort auf, als sie ihn sieht, und kommt ihm entgegen.

„Na, alles gut?", erkundigt sie sich besorgt.

„Was soll deiner Meinung nach gut sein? Dass ich zwei Stunden lang diese Bagage ertragen muss?"

Erschrocken und gleichzeitig verärgert weicht Anja zurück. Ihr ist klar, dass Torstens üble Laune den ganzen Abend verderben kann.

Er dreht sich zur Seite und setzt sich an den Tisch, demonstrativ mit dem Rücken zur Tür. Er will keinen seiner Freunde anschauen, wenn sie so vergnügt hereinschneien. Ihm ist nicht nach Feiern zumute.

Als erstes schwebt Mandy ins Lokal. Schon von weitem flötet sie: „Happy birthday, Darling!"

Anja lächelt amüsiert über diese affektierte Begrüßung und vor allem über den Darling. Sie weiß, dass es Mandy genießt, wenn sich die Leute nach ihr umdrehen. Ihr grellrotes Kleid ist kurz wie alle ihre Kleider und lässt die schönen Beine frei, die von hohen Absatzschuhen noch betont werden. Das winzige Jäckchen ist zwar über und über mit bunten Straßsteinchen bedeckt, doch lenkt es nicht vom freizügigen Dekolleté ab. Mit jedem Schritt wippen ihre Brüste, die sie kichernd Torsten ins Genick drückt.

„Lass das!", brummt er. Dann faucht er Holm an: „Kannst du deiner Kindfrau nicht beibringen, wie man sich benimmt? Ich will sie nicht! Auch dann nicht, wenn sie mir ihre fetten Titten ins Gesicht quetscht."

Mandy kreischt auf und dreht sich lachend einmal im Kreis. Dann setzt sie sich neben Torsten und schmiegt sich kichernd an ihn. Doch im gleichen Moment springt sie wieder auf und mault: „Nein, das ist kein guter Platz. Ich würde ja gern neben dir sitzen, Darling, doch hier sehe ich nichts und niemanden."

Sie wählt den Platz an der Stirnseite.

„Das ist mein Platz!"

Holm zeigt auf den Stuhl daneben und bestimmt: „Geh da rüber!"

Mandy zieht zwar einen Schmollmund, rutscht aber sofort zur Seite.

Ehe Anja Holm mit der Hand ein warnendes

Zeichen machen kann, poltert dieser vergnügt los: „Immer zu Späßen aufgelegt, was?"

„Ich mache keine Späße. Schließlich bin ich nicht so albern wie du", entgegnet Torsten.

Holm überhört die Bemerkung, haut ihm seine Hand auf den Rücken und dröhnt: „Du altes Haus! So alt wie du wird kein Schwein! Haha!" Dann setzt er sich an die Stirnseite.

„Nein, Schweine werden nur zehn Jahre alt, wenn man sie nicht vorher schlachtet. Aber du hast die Chance auf siebzig Jahre."

„Siebzig? Interessant, interessant. Wie kommst du ausgerechnet auf siebzig?"

Anja schaut von einem zum anderen. Sie weiß nicht, was jetzt kommt. Doch sie befürchtet, dass Torsten etwas Gemeines sagen wird. Er hatte schon am Nachmittag eine unerträgliche Laune, die sich offenbar während der letzten Stunden noch verschlimmert hat. Warnend schaut sie zu Torsten, doch der beugt sich nach vorn in Richtung Holm.

„Geht man nach deinem Aussehen, bist du ein hässlicher Karpfen, doch vom Charakter her eine boshafte Krähe."

Holm breitet seine Arme aus, doch ihm fällt keine passende Entgegnung ein. Der Stimme nach will ihn Torsten reizen, doch heute wollen sie seinen vierzigsten Geburtstag feiern. Deshalb entschließt er sich, die Bemerkung als

Scherz aufzufassen und öffnet und schließt wie ein Karpfen unter Wasser seinen Mund.

„Du brauchst gar nicht nach Luft zu schnappen, Karpfen und Krähen werden beide mindestens siebzig. Passt also."

„Und was passt für dich, du … du …"

„Sag´s nur! Spuck´s aus!"

Doch Holm antwortet nicht.

„Ich bin wohl eher ein Falke", verkündet Torsten mit zusammengekniffenen Augen.

„Falken, das sind doch diese kleinen Raubvögel, die oben auf den Türmen wohnen, nicht wahr?", fragt Holm, indem er seine Augen ebenso zusammenkneift. „Doch Krähen werden locker mit ihnen fertig."

„Ja, Torsten braucht immer den Überblick", lenkt Anja ab.

„Wie alt werden denn Falken? Das interessiert mich jetzt", will Holm wissen.

„Vierzig. Maximal." Dann schaut er in Richtung Theke und ruft: „Kann ich endlich ein Bier haben?"

„Selbstverständlich."

Eilig kommt der Kellner an den Tisch und zückt seinen elektronischen Bestellblock.

„Schwarzbier", bestellt Torsten.

„Wollen wir nicht warten, bis alle da sind und mit Sekt anstoßen?", fragt Anja leise.

„Ich nicht. Ich will jetzt Bier."

„Gern." Der Kellner nickt kurz. „Die anderen Herrschaften wollen noch warten?"

Mandy nickt unsicher.

„Ein Bananen-Weizen", bestellt Holm.

„Weiber-Gesöff", zischt Torsten abfällig.

In diesem Moment schlingt ihm Barbara von hinten die Arme um die Schultern.

„Ich wünsche dir von Herzen alles Liebe, gute Nerven im Büro, viel häusliches Glück mit deinen drei schönen Mädels und ein langes, gesundes und glückliches Leben."

Als sie Torsten auf die Wange küssen will, schiebt er sie beiseite.

„Bist wohl heute schon genug geküsst worden?", fragt sie lachend. „Aber neben dir sitzen darf ich, oder?"

„Mir egal."

„Tja, mit Vierzig beginnt die midlife crisis. Wir werden alle nicht jünger. Also: Kopf hoch!"

„Lass mich in Ruhe!"

Barbara setzt sich trotzdem neben Torsten und klopft mit der Hand auf den freien Stuhl neben sich. Dabei schaut sie Gerald, ihren Mann, an.

Der tätschelt Torsten wortlos die Schulter, geht hinter den Tisch und setzt sich neben Mandy, seiner Frau gegenüber. „Ich muss den Rücken frei haben."

Er küsst Mandy links und rechts auf die

Wangen und flüstert: „Siehst hinreißend aus."
Mandy quittiert diese Worte mit einem aufreizenden Augenaufschlag.

„Vor allem die Klunker an deinem Hals."
Dabei tippt er auf die auffällig bunte Kette mit vielen grünblinkenden Kunststeinen, schaut aber gleichzeitig tief in den ebenso auffälligen Ausschnitt.

Inzwischen betritt das letzte befreundete Paar das Lokal.

„Sind wir zu spät?", erkundigt sich Silke ängstlich.

Anja schüttelt den Kopf, steht auf und begrüßt die Freundin. Dabei flüstert sie ihr ins Ohr: „Es herrscht dicke Luft, Torsten ist übel gelaunt und beleidigt alle."

Silkes Mann stellt inzwischen eine große Flasche Whisky auf den Tisch und sagt: „Die trinkst du auf dein spezielles Wohl!"

Torsten verzieht das Gesicht.

„Wodka wäre mir lieber, aber zur Not tut´s auch dieses Gesöff."

„He! Das ist keine Kartoffelplörre, sondern ein besonderes Stöffchen", verteidigt Gunter sein Geschenk.

„Whisky kommt aus dem Irischen und bedeutet *Wasser des Lebens.* Du sollst ein schönes und vor allem langes Leben haben", erklärt Silke.

Dann wendet sie sich an ihren Mann und flüstert: „Möchtest du neben Holm oder neben Gerald sitzen?"

„Mir egal."

„Dann gehe ich nach hinten zu Anja. Ist dir das recht?"

Gunter zuckt mit der Schulter und lässt sich zwischen Barbara und Holm auf den freien Stuhl fallen, während sich Silke vorsichtig zwischen der Wand und Anjas Stuhl quetscht, statt ihn einfach zur Seite zu schieben.

„Apropos: *auf dein Wohl trinken.*"

Anja winkt dem Kellner, der sofort ein Tablett mit acht Gläsern Sekt heranträgt und jedem ein Glas anbietet.

Alle stehen auf und singen: „Hoch soll er leben!"

Torsten bleibt sitzen und Holm brüllt laut dazwischen: „Schnaps soll er geben!"

Die Freunde lachen, Torsten lacht nicht.

„Zuerst bestellen wir etwas zu essen."

Anja winkt wieder nach der Bedienung, die sofort die Speisekarten reicht.

„Ich nehme wie immer die fünf kleinen Italiener", kreischt Mandy, ohne in die Karte zu sehen.

Dabei schaut sie sich Zustimmung heischend um.

„Zehn würdest du auch schaffen, was?" Gerald zwinkert ihr verschwörerisch zu.

„Fünf sind mir als Vorspeise genug", flötet Mandy, wirft ihre weißgelb gefärbten Haare zurück und blinzelt kokett zurück.

Gerald lacht schallend und haut mit der Hand auf seinen Schenkel, während ihn Holm wütend anschaut.

„Ich nehme Spaghetti mit Scampi und Oliven."

„Nein, diese dünnen Spaghetti mag ich nicht", nörgelt Mandy mit Babystimme.

„Du brauchst dicke Nudeln, was?", dröhnt Gerald und lacht als einziger über seine derbe Bemerkung.

„Geht doch zusammen ins Bett, wenn ihr es nicht längst schon tut!"

Schlagartig ist es still am Tisch.

„Torsten!", mahnt Anja leise. „Jetzt gehst du zu weit."

„Wieso? Es weiß schließlich jeder, dass Mandy notgeil ist und Gerald jede anspringt, die nicht schnell genug wegläuft."

„Ich finde das überhaupt nicht witzig", jammert Mandy.

„Dich fragt auch keiner", faucht Torsten und zeigt mit dem Finger auf sie.

„Sag was!", zischt Mandy und stößt ihren Mann mit dem Ellenbogen.

Der ist längst aufgesprungen und droht: „Gleich

verpasse ich dir eine."

„Nur zu!", entgegnet Torsten ruhig. „Nimm doch gleich das Messer! Damit kannst du umgehen, bist schließlich Chirurg."

Barbara und Anja wechseln Blicke und beugen sich beide gleichzeitig zu Torsten, der in ihrer Mitte sitzt. Doch der breitet blitzschnell seine Arme aus und schiebt dabei die Frauen derb zurück.

„Wer in der Lage ist, jemandem den Bauch aufzuschneiden, muss schon ein eiskalter und gefühlloser Mistkerl sein", entrüstet sich Torsten.

„Das ist schließlich sein Beruf", verteidigt ihn Anja.

„Eben. Berufsaufschneider. Einfach widerlich."

„Was ist nur mit dir los?", erkundigt sich Barbara teilnahmsvoll.

„Mit mir ist alles in Ordnung. Nur wird mir schlecht, wenn ich euch so anschaue. Jeder hat seine Leiche im Keller, die schon zum Himmel stinkt. Ich ertrage das nicht mehr."

„Welche Leiche denn?", erkundigt sich Mandy interessiert.

Torsten lacht gehässig und zeigt auf Mandy. „Die ist so suppendumm, dass es scheppert. Macht nix, Holm hat ohnehin nur die Titten gewählt."

„Haben Sie bereits gewählt?", erkundigt sich der Kellner.

„Mir ist der Appetit vergangen", brummt Torsten.

Verärgert stimmt Holm zu: „Mir auch."

„Mir nicht!", kreischt Mandy und sagt als Erste, was sie zu essen wünscht.

Die Bedienung tippt alle Wünsche in den Block.

Gunter bestellt für Silke mit, was Torsten zu einer neuen Bemerkung reizt.

„Unser liebes Silke-Schäfchen darf nicht einmal allein ihr Essen wählen."

„Du hörst sofort auf mit deinem Gestänker!", fordert Barbara. „Sag lieber, was du essen willst!"

„Penne mit viel Knoblauch."

„Ih!", kreischt Mandy. „Da küsse ich dich nicht, wenn du nach Knoblauch stinkst."

„Hoffentlich!", brummt Torsten.

„Wir machen jetzt ein Spiel", ruft Barbara.

Erleichtert schauen alle zu ihr und hoffen, dass dieses Spiel die unangenehm angespannte Stimmung vertreibt.

„Wir sind alle im gleichen Alter, so um die vierzig."

„Ich nicht!", kreischt Mandy. „Ich nicht."

„Du zählst nicht", wirft Torsten ein. „Du wirst sowieso in ein paar Jahren gegen eine noch Jüngere mit noch dickeren Titten ausgetauscht."

„Torsten!"

„Torsten", äfft Torsten mit böser Miene nach. „Das weiß doch jeder. Euer scheinheiliges Getue kotzt mich an!"

„Mir langt´s!" Holm steht auf und sagt zu Torsten: „Du bist heute unerträglich. Das muss ich mir nicht antun."

„Ich will aber was essen!", jammert Mandy.

„Bleib! Ich bitte dich!", fleht Anja, obwohl auch sie am liebsten längst gegangen wäre. Doch das möchte sie ihren Freunden nicht antun, die sie zu Torstens Geburtstag extra hierher eingeladen hat.

Barbara springt auf und breitet wie beruhigend ihre Arme aus.

„In ein paar Jahren, das ist ein gutes Stichwort. Mein Spiel heißt: Wie sehen eure Pläne aus? Wo seht ihr euch in etwa fünfzehn Jahren?"

Mandy verkündet stolz: „Ich werde malen. Bärchen ... "

„Du malst Bärchen? Ist das nicht zu schwer für dich?", lästert Torsten.

„Mein Holmi ist mein Bärchen", kichert Mandy.

Alle am Tisch werfen sich amüsierte Blicke zu.

„Also ich und mein Bärchen, also Holmi und ich waren neulich auf so einer geilen Ausstellung mit Bildern."

„Eine Gemälde-Vernissage im Kunstmuseum", ergänzt Holm.

„Genau. Da gab es Kleckse, Karos, Striche. So was eben. Das eine Bild kostete acht Tausender und war nur rot. Einfach rot. Das kann ich auch."

„Das kannst du auch, du dumme Nuss!", poltert Torsten.

Barbara hält ihm einfach den Mund zu und sagt: „Gleich bist du dran, wenn Mandy fertig ist."

Mandy nickt zustimmend. Holm hat ihr einen genervten Blick zugeworfen, weshalb sie plötzlich nicht weitersprechen will und einen Schmollmund zieht.

„So, mein liebes Geburtstagskind, sag uns, was du in Zukunft planst."

Torsten schiebt seinen Stuhl ein wenig zurück und schaut auf den Boden. Dabei verzieht er seinen Mund. Langsam streicht er mit beiden Händen seine Haare zurück, schaut hinauf zur Decke und sagt leise:

„Ich verreise."

Überrascht schaut Anja ihren Mann an. Er hatte „*Ich* verreise" gesagt und weder sie noch die Mädchen mit einbezogen.

„Und wohin soll's gehen?", hakt Barbara nach.

„Nicht allzu weit und doch viel weiter als geplant."

„Ein Philosoph in unserer Mitte. Ein neuer Zug von dir, ganz neu", stellt Gunter kopfschüttelnd fest.

„Wir wollen auch reisen", fügt Silke leise ein.

Alle schauen gespannt zu Silke, die sich nur selten an den Gesprächen beteiligt.

Sie lächelt versonnen und fragt Gunter: „Darf ich von unserem Plan erzählen?"

Gunter zuckt mit der Schulter.

„Von mir aus."

„Also." Silke setzt sich gerade hin und verkündet: „Wir wollen ein Boot kaufen und über sämtliche Weltmeere schippern."

Sie seufzt, als hätte sie ein schwerwiegendes Geständnis gemacht und schaut gespannt in die Runde.

„Geil!", kreischt Mandy. „Eine Yacht, oder?"

„Wer? Du und Gunter? Ausgerechnet!" Torsten tippt sich an die Stirn. „Nie im Leben!"

„Wie meinst du das?", will Barbara wissen und stupst Torsten gegen den Arm.

Anja ist den Tränen nahe, weil Torsten nicht aufhört zu stänkern. So kennt sie ihn gar nicht. Keiner von ihnen kennt ihn so. Er ist eher ein schweigsamer Eigenbrötler und war bisher nie boshaft.

„Blöde Frage! Sehen die zwei Langweiler so aus, als könnten sie eine Weltreise packen? Nicht mal mit einem Bus geführt vom

Reiseleiter von Hotel zu Hotel."

Gerald springt auf.

„Willst du nicht auch noch über Barbara herfallen? Die hast du bisher vergessen bei all deinen Beleidigungen."

„Setz dich!", zischt Barbara und Gerald gehorcht fast automatisch, was Torsten zum Lachen bringt. Es ist ein deutlich gehässiges Lachen.

Mit dem Finger zeigt er auf Gerald und fordert: „Verklag mich doch! Bist schließlich Anwalt und lebst von den Gemeinheiten der Leute."

Keiner sagt etwas. Alle schweigen betreten und beobachten den Kellner, der in diesem Moment das Essen aufträgt.

Normalerweise hält der Jubilar eine kleine Rede zum Anlass der Feier, dankt allen für ihr Kommen und macht einige witzige Bemerkungen. Torsten hat bisher zwar viel geredet, doch nichts davon hat seine Freunde amüsiert. Deshalb sagt Anja nur leise: „Lasst es euch schmecken!"

Torsten steht auf, als ob ihm gerade einfällt, was sich gehört. Alle lassen ihr Besteck wieder sinken und schauen ihn an, die einen freundlich, die anderen eher verärgert.

„Schlagt euch auf meine Kosten den Bauch voll! Ihr kotzt mich an. Alle!"

Dann nimmt er seine Jacke vom Haken und

geht hinaus.

*****

Eilig läuft er die Straße entlang und achtet nicht auf die Leute, denen er begegnet. Fast rennt er. Schließlich setzt er sich erschöpft auf eine leicht verschneite Bank und merkt nicht, dass seine Hose nass und sein Hintern und die Schenkel kalt werden. Er stützt seine Ellenbogen auf die Knie, presst das Gesicht in die Hände und weint. Torsten weint so heftig, wie er noch nie in seinem ganzen Leben geweint hat. Ihm ist klar, dass er alle seine Freunde gekränkt und beleidigt hat. Doch genau das hat er gewollt.

Langsam steht er auf und trottet nach Hause. Die Mädchen schlafen noch nicht. Er sieht Licht unter den Türen ihrer Zimmer durchscheinen. Es ist schließlich noch nicht einmal 22 Uhr.

Marie hat ihn gehört und kommt ihm entgegen gesprungen. Fröhlich wie immer. Sie hängt sich an seinen Hals und er ist versucht, sie fest in seine Arme zu nehmen. Doch er tut es nicht. Er dreht den Kopf zur Seite und faucht: „Was soll das? Geh ins Bett!"

„Papa!", ruft sie empört.

Ohne Marie zu beachten, geht Torsten ins Bad.

„Habt ihr euch gekracht?", hört er noch, aber er

dreht sich nicht um und antwortet nicht. Heftig wirft er die Tür zu und verriegelt demonstrativ. Seine nassen Sachen lässt vor der Wäschebox fallen, duscht sehr lange und sehr heiß, dann legt er sich ins Bett.

Es dauert nicht lange und er hört Anja mit den Mädchen flüstern. Die Worte versteht er nicht, doch er ist sicher, dass sie über ihn sprechen, über ihn und sein heutiges Verhalten.

„Torsten? Schläfst du?"

Er antwortet nicht.

„Wir müssen reden."

„Vielleicht musst du reden, ich nicht. Lass mich einfach in Ruhe!"

Anja setzt sich zu ihm auf die Bettkante.

„Was ist los mit dir? Willst du es mir nicht sagen?"

„Nichts. Nichts ist los. Gar nichts."

Er hört selbst, wie unglaubwürdig das klingt.

„So kenne ich dich nicht. Ist irgend etwas passiert?"

„Jedenfalls nichts, was dich betrifft."

„Deine Sorgen sind auch meine, weißt du das nicht?"

Sanft legt Anja ihre warme Hand auf Torstens Schulter, doch er schüttelt sie ab.

„Du sollst mich in Ruhe lassen! Geht das?"

„Ich will wissen, warum du heute wie ein Tollwütiger um dich gebissen hast."

„Du nervst! Seit Jahren nervst du mich mit deinen Fragen. Ich kann sie nicht mehr hören!"

Erschrocken weicht Anja zurück. „Seit Jahren? Du hast nie etwas gesagt."

„Hätte auch nichts gebracht. Offenbar muss der Mensch genau das ertragen, was er am wenigsten ertragen kann."

„So siehst du das also?"

„Ja. Und nun lass mich endlich in Ruhe! Ich will schlafen."

Doch Torsten schläft nicht. Er vergräbt seinen Kopf unter der Decke, damit er nicht hört, wie Anja leise weint. Am liebsten würde er sie jetzt in den Arm nehmen. Doch das darf er nicht. Er wird sie verlassen, gleich morgen. Es zerreißt ihm das Herz, doch es muss sein.

Abreise

Am nächsten Morgen steht er sehr früh auf, während alle noch schlafen, und geht ohne Frühstück aus dem Haus. Doch er geht nicht in die Kanzlei, wo er ohnehin keine Arbeit mehr hat.

Er versteckt sich hinter dem Lastwagen, der auf der anderen Straßenseite parkt. Es ist kalt, denn es hat in der Nacht Frost gegeben, die

Pfützen haben eine dünne Eisschicht und es liegt etwas Schnee.

Fast zwei Stunden steht er in der Kälte und lässt den Hauseingang nicht aus den Augen. Dann sieht er, wie Anja und die Mädchen das Haus verlassen. Ihm schießen die Tränen in die Augen, als er sieht, dass die lebhafte Marie nicht wie sonst fröhlich hopst, sondern mit gesenktem Kopf neben ihrer Schwester herläuft.

Plötzlich bleibt Anja stehen und dreht sich um. Sie schaut genau in seine Richtung. Doch Torsten weiß, dass sie ihn nicht sehen kann. Er weiß allerdings nicht, dass sie ihn beobachtete, als er das Haus verließ.

Torsten wartet noch eine Weile, bis er sicher ist, dass Anja und die Mädchen verschwunden sind. Dann geht er zurück in die Wohnung und packt mehrere Pullover, Socken und Unterwäsche in eine Tasche.

Anjas Lieblingsschal liegt achtlos auf dem Bett. Er hebt ihn auf, drückt ihn sich ins Gesicht und stopft ihn zu den anderen Sachen in die Tasche. Doch was soll ihm dieser Schal bringen außer einer wehmütigen Erinnerung? Es ist albern. Also legt er den Schal zurück aufs Bett. Rasch füllt er seine Waschtasche und bemüht sich, Anjas so vertraute Cremedosen und

Schachteln auf der Ablage nicht zu beachten.

Er schaut nach, ob die Sparbücher und Aktien-
papiere gut sichtbar im obersten Schubfach
seines Schreibtisches liegen und legt seine
Kreditkarten dazu, auch sein Handy. Nur seinen
Kalender mit all seinen Terminen und
Kontakten, ohne den er niemals aus dem Haus
geht, packt er in die Tasche.

Vor Maries Zimmer bleibt er stehen. Dann
öffnet er forsch die Tür und nimmt jeden
Gegenstand auf, den seine Augen auf die
Schnelle erfassen: ein Springseil, Jeans auf
einem Stuhl, Bücher auf dem Boden, den
Teddy auf dem Kopfkissen. Den würde er
genau wie Anjas Schal am liebsten mitnehmen.
Doch das geht nicht.

Auch von Sofie verabschiedet er sich auf diese
Weise, indem er an ihrer Tür steht und den
Blick über das Zimmer seiner großen Tochter
schweifen lässt. Bei ihr liegt nichts herum, denn
Sofie ist ein ungewöhnlich ordnungsliebendes
Kind. Ihre Gitarre steht korrekt in der Halterung,
die Noten liegen säuberlich gestapelt im Regal.

Schließlich nimmt er seinen Anorak vom Haken
und trägt die Reisetasche zum Auto. Bevor er
einsteigt, betrachtet er das Haus, sein Haus. Es
ist ein schönes Haus, schlicht, ohne Schnörkel
mit einer matten Glaseingangstür.

Noch einmal schließt er diese Tür auf und geht

hinauf in sein Arbeitszimmer. Dort holt er sein Handy, schaltet es aus und legt es auf den Beifahrersitz. Seinen Schlüsselbund steckt er in den Briefschlitz und hält ihn noch einige Sekunden fest, bevor er klirrend nach innen fällt.

Nun ist er bereit für seine Reise. Er wird sich nicht mehr umschauen. Seine drei über alles geliebten Mädels sind Vergangenheit.

Torsten ist mit Nicole verabredet. Sie wartet sicher bereits auf ihn. Doch er hat keine Lust, sie zu treffen. Sie würde sofort fragen, ob er endlich mit Anja gesprochen und die Situation erklärt, reinen Tisch gemacht hat.

Torsten weiß, dass es richtig ist, seine Familie zu verlassen. Er will aber auch Nicole nicht wiedersehen. Stattdessen beschließt er, einfach loszufahren und zu schauen, wohin ihn sein Bauchgefühl führt.

Jedenfalls nicht an die Ostsee, wo er mit seinen Mädels immer so glücklich war.

Bei der Fahrt durch die Stadt nimmt er sich viel Zeit, wählt Straßen mit schönen alten Gebäuden, restaurierten Fabriken, am Theaterplatz vorbei, der imposanten Lutherkirche und biegt schließlich auf die Autobahn.

Er fährt Richtung Süden, weil Anja die Berge

nicht mag. Sie mag auch keinen Schnee und schon gar nicht Schifahren. Sie mag das Meer und den Strand, am liebsten mit Palmen. Im nächsten Jahr wollten sie auf die Malediven fliegen, was sich Anja schon lange wünscht. Daraus wird jetzt nichts mehr. Jedenfalls verbrachten sie keinen ihrer jährlichen Urlaubsreisen im Süden und schon gar nicht in den Alpen. Die Mädchen haben sie nie kennengelernt.

Torsten war als kleiner Junge ein- oder zweimal in den Alpen. Seine Großeltern lebten dort, doch daran mag er jetzt ebenfalls nicht denken. Er will überhaupt nicht denken. Er will nur noch schnell weg, so schnell und so weit wie möglich, damit ihn nicht am Ende alberne sentimentale Gedanken an seinem Vorhaben hindern.

Torsten hat zwar den festen Entschluss gefasst, seine Familie zu verlassen, doch einen genauen Plan hat er nicht und somit auch kein festes Ziel. Ihm wird bewusst, dass er noch niemals zuvor ohne ein genaues Ziel unterwegs war. Außerdem errechnete er bisher immer, wie lange er unterwegs sein und wieviel Geld er wofür brauchen wird. Er wusste immer, welche Straße und welchen Abzweig er nutzen und wann und wo eine Pause eingelegt werden muss.

Bisher. Heute ist das ohne Bedeutung.

Freundinnen

Silke und Barbara sitzen bereits am Tisch im *Cortina*, als Anja dazukommt.

„Wie siehst du denn aus?", erkundigt sich Barbara.

„Ach, ich habe Stress."

Anja begrüßt ihre Freundinnen und bestellt einen Cappuccino.

„Dann bin ich beruhigt. Ich dachte schon, du bist krank, so leichenblass wie du aussiehst."

Anja zuckt mit der Schulter. Plötzlich fängt sie an zu weinen.

„Ist was mit den Mädchen?", fragt Silke erschrocken.

Anja schüttelt den Kopf.

„Du hast Stress mit Torsten, stimmt´s?"

Anja nickt.

„Hast du ihm wenigstens die Hölle heiß gemacht?", will Barbara wissen.

„Wie meinst du das?"

„Ihm kräftig die Meinung gegeigt meine ich. So unmöglich, wie der sich an seinem Geburtstag aufgeführt hat, das geht auf keine Kuhhaut."

Anja seufzt und gibt ihrer Freundin Recht. Sie erinnert sich derart deutlich an jedes einzelne

Wort, als sei es in ihr Gedächtnis eingebrannt.

„Ich habe es noch am gleichen Abend versucht, doch das hat nicht funktioniert."

„Ihr habt also nicht darüber geredet?"

Anja schüttelt den Kopf.

„Torsten braucht keine Gespräche. Er macht alles mit sich selbst aus."

Deshalb weiß sie auch nicht, weshalb er sich an seinem Geburtstag so aufführte, was er mit all den Beleidigungen bezweckte.

Dann flüstert sie: „Er ist weg!"

„Weg? Das verstehe ich nicht", wundert sich Barbara.

Ihr fällt ein, dass Torsten im Gasthof davon sprach, bald zu verreisen. Doch dabei hatte sie an einen Urlaub gedacht. Vielleicht auf die Malediven, was sich Anja schon lange wünscht.

Laut sagt sie: „Erinnert ihr euch, als ich Torsten nach seinen Plänen fragte?"

Silke und Anja schütteln den Kopf.

„Er sagte, dass er verreisen wird."

„Stimmt!", bestätigt Silke.

„Er sagte: *Ich* verreise. Ich! Und dass er nicht weit weg will, aber weiter als gedacht. Oder so ähnlich."

„Was bedeutet das? Ich begreife das nicht", flüstert Anja.

„Wo ist er denn hin?", erkundigt sich Silke.

„Das weiß ich nicht. Er hat nichts gesagt, er ist

einfach verschwunden."

Anja hält sich die Hand vor den Mund, um nicht laut aufzuschluchzen. Sie gesteht den Freundinnen nicht, dass Torsten sogar seinen Hausschlüssel daheim ließ. So, als brauche er ihn nicht mehr, weil er nicht vorhat, jemals wieder nach Hause zu kommen.

Sie sagt nur: „Sein Handy ist ausgeschaltet, ich erreiche ihn nicht."

Silke greift nach ihrer Handtasche und wühlt darin.

„So ein Blödmann!", schimpft Barbara. „Hattet ihr Streit?"

Anja schüttelt den Kopf. Mit Torsten kann man nicht streiten, nicht einmal diskutieren. Er besteht auf seiner Meinung und verlässt sofort den Raum, um ihr keine Gelegenheit zu geben, etwas entgegenzusetzen.

„Überhaupt nicht. Alles war wie immer."

„Dieses Schwein hat euch verlassen!", schimpft Barbara.

„Wie du das wieder sagst", empört sich Silke.

Anja zuckt nur mit der Schulter. Ihr ist längst klar, dass Torsten nicht wiederkommen wird.

„Aber warum?", fragt sie. „Ich verstehe das nicht."

Ratlos schaut sie ihre Freundinnen an.

„Miclife crisis! Das wird es sein", weiß Barbara.

„Schließlich seid ihr seit mehr als zehn Jahren zusammen."

„Sechzehn. Sechzehn Jahre werden es im nächsten Monat."

„Aber das ist doch kein Grund, seine Familie zu verlassen", ruft Silke.

„Kein Grund, aber eine Erklärung. So lange wie Eure halten nur noch wenige Ehen. Schau dir Holm an!"

Ungläubig schüttelt Anja den Kopf. Holm hat mit Mandy bereits die dritte Ehefrau und war dazwischen noch mit mehreren anderen Freundinnen zusammen. Doch Torsten ist kein Weiberheld. Er sagte mal, dass er nichts mit diesen langweiligen jungen Hühnern anfangen könne. Er liebt vor allem seine Arbeit und hat kein Interesse an anderen Frauen.

„Torsten ist nicht so einer wie Holm", sagt Anja sehr bestimmt.

„Das nicht. Doch er ist auch nur ein Mann. Männer haben so um die Vierzig das Gefühl, dass die besten Jahre vorbei sind. Und Torsten ist Vierzig!"

Anja zuckt resigniert mit der Schulter. Barbara mag mit ihrer Theorie Recht haben. Trotzdem kann sie sich Torsten nicht mit einer anderen Frau vorstellen. Das passt nicht zu ihm.

„Männer wollen aus dem Alltag und den Zwängen ausbrechen", erklärt Barbara.

„Welche Zwänge? Torsten wird zu nichts gezwungen!"

„So meine ich das nicht. Mit Vierzig ziehen sie Bilanz und glauben, ihr Leben verpasst zu haben. Sie wollen jung wirken, tragen Lederjacken, kaufen sich ein Motorrad, färben sich die Haare und gehen ins Fitnessstudio."

„Aber doch nicht Torsten!"

Fast hätte Anja laut aufgelacht, obwohl ihr ehern nach Weinen zumute ist. Sie denkt nach. Torsten hat sie verlassen, so viel steht fest. Doch er hat sich weder eine Lederjacke noch ein Motorrad gekauft und seine Haare färbt er schon gar nicht.

„Warum nicht? Er ist auch nur ein Kerl wie jeder andere auch."

„Wie du das wieder sagst", empört sich Silke.

„Ich glaube, er hat eine Andere", vermutet Barbara.

Silke schießt das Blut in den Kopf.

„Du bist ja ganz rot im Gesicht!", stellt Barbara fest. „Hast du was mit Torsten?"

„Spinnst du?" Erschrocken schaut Silke zu Anja und schüttelt heftig mit dem Kopf. „Natürlich nicht."

„Aber du weißt doch was!"

Verlegen stottert Silke: „Wieso? Ich meine, wieso ist er plötzlich weg? Wo kann er sein?"

„Du weißt etwas, nicht wahr?", wiederholt Barbara ihre Frage, packt Silke fest am Arm und schaut ihr drohend in die Augen.

„Ich weiß gar nichts", beteuert Silke. Doch es klingt nicht überzeugend.

„Du musst es mir sagen! Du bist meine Freundin", bittet Anja.

„Ich weiß wirklich nichts." Schließlich flüstert sie: „Ich habe ihn neulich mit einer Frau gesehen. Genau an seinem Geburtstag. Und zwar genau hier in dem Lokal."

„Warum hast du uns nichts davon gesagt?", fährt Barbara Silke an. „Du lässt uns hier im Ungewissen herumrätseln und hast ihn mit einer Anderen gesehen?"

Normalerweise ist Anja nicht eifersüchtig. Und normalerweise ist überhaupt nichts dabei, wenn Torsten mit einer Frau in ein Lokal geht. Doch seit Torstens Geburtstag ist sie verunsichert. Er hat sich derart seltsam verhalten und alle beschimpft. Sogar zu den Mädchen war er unfreundlich, was bisher noch niemals der Fall war. Er liebt sie beide direkt abgöttisch, worüber sie schon oft gutmütig spottete.

„Es kommt hin und wieder vor, dass Torsten mit seinen Mandanten oder Kollegen essen geht, auch mit Frauen natürlich", sagt sie. Doch ihrer Stimme hören die Freundinnen an, dass sie in diesem Fall selbst nicht daran glaubt.

„Was war das für eine Frau?", fragt Barbara ohne Umschweife.

Anja fallen Maries Worte ein, dass sich die Männer ab einem bestimmten Alter eine jüngere Frau nehmen. Sie fragt: „War sie sehr jung?"

Silke schüttelt den Kopf. „Eher älter, älter als er und bei weitem nicht so hübsch wie du."

Anja verzieht den Mund.

„Sie war ganz dünn und blass, ungeschminkt und hatte die Haare einfach am Hinterkopf zusammengebunden."

„Manche Männer macht genau das Unscheinbare an. Ich weiß das!", erklärt Barbara. „Vielleicht ist sie gut im Bett."

Gleich darauf bereut sie ihre garstigen Worte.

Anja lächelt gequält und versucht, nicht schon wieder hier vor allen Leuten zu weinen. Sie kann sich Torsten nicht mit einer anderen Frau vorstellen. Er ist nicht so einer. Doch was für einer ist er eigentlich? Er spricht nicht über sich und seine Gedanken und schon gar nicht über seine Gefühle. Am Ende hat er keine Gefühle. So etwas gibt es. Bei Psychopathen zum Beispiel, die nicht einmal ein schlechtes Gewissen kennen.

Silke steht auf. „Ich muss mal kurz aufs Klo."

Sofort greift Barbara nach ihrer Hand und

faucht: „Du gehst jetzt nirgendwohin! Du erzählst uns jetzt haarklein, was du gesehen und gehört hast! Alles!"

Silke setzt sich wieder und rutscht auf ihrem Stuhl hin und her.

„Ich weiß nicht." Sie schaut Anja an. „Es war ... Es war so schlimm, wirklich ganz schlimm." Weiter spricht sie nicht.

„Schlimm? Schlimm sagt überhaupt nichts aus. Wo haben sie gesessen?", hakt Barbara konkret nach.

Silke zeigt nach rechts. „Dort, direkt am Eingang und ich hier hinten."

Sie weist auf den Tisch hinter dem Mauervorsprung.

„Also direkt daneben, ohne dass er dich sehen konnte."

Silke nickt.

„Dann musst du sogar ihr Gespräch gehört haben."

Wieder nickt Silke.

„Und das erzählst du uns jetzt! Und zwar Wort für Wort!", bestimmt Barbara.

„Ich weiß nicht so recht, wie ich anfangen soll."

„Zier dich nicht so albern! Haben sie sich geküsst?"

Wieder färbt sich Silkes Gesicht puterrot.

„Nein, ich glaube nicht. Ich habe nur gesehen, wie diese Frau ihre Hand so vertraulich auf

Torstens Arm gelegt hat."

Anja schluckt, schaut hinüber zu diesem Tisch und sieht die Szene direkt vor ihren Augen.

„Das muss nichts bedeuten. Ich mache das auch oft, wenn ich rede", tröstet Barbara und legt wie zum Beweis ihre Hand auf Anjas Arm.

Die lächelt gequält und flüstert: „Und weiter?"

Silke räuspert sich und schaut wieder in ihre Tasche. Umständlich putzt sie sich die Nase.

„Ich hörte, wie diese Frau beschwörend auf Torsten einredete."

Wieder stockt Silke. Es bringt nichts, Anja alles haarklein zu berichten. Es bringt aber auch nichts, ihr das Wichtigste zu verschweigen.

„Aber was? Was genau hat sie gesagt?", bohrt Barbara erneut nach.

„Sie sagte, sie sagte: *Du musst es ihr sagen.*"

Wieder sucht sie nach ihrem Taschentuch.

Ungeduldig reißt ihr Barbara die Tasche aus der Hand und stellt sie neben ihrem Stuhl ab, weit weg von Silkes Zugriff.

„Was ist? Warum sprichst du nicht weiter?"

„Weil … Ich habe gehört, was er antwortete."

Silke nimmt Anja in den Arm, doch diese schiebt sie sanft zurück.

„Ich muss es wissen, verstehst du das nicht?"

„Doch, das verstehe ich. Ich weiß nur nicht, wie ich es dir sagen soll. Es war so eindeutig, so deprimierend, so furchtbar."

„Was genau hat Torsten geantwortet?", hakt Barbara nach.

„Er sagte dieser Frau, dass er dich liebt und du niemals lernen könntest, ohne ihn zu leben."

„Ohne ihn leben? Das hat er gesagt?"

Anjas Hände zittern und sie klemmt sie unter ihre Schenkel.

Silke nickt. „Wort für Wort. Er liebt dich."

„Ich weiß, dass er mich liebt. Und er liebt die Mädchen. Doch jetzt ist er weg und er hat zu dieser Frau gesagt, dass ich lernen muss, ohne ihn zu leben. Das ist eindeutig."

Völlig ratlos schaut Anja ihre Freundinnen an. Sie weiß, dass Torsten sie liebt. Doch er liebt sie wohl eher wie ein besorgter Vater und nicht wie ein gleichberechtigter Partner. Sie überlegt, wann sie zum letzten Mal miteinander schliefen. Das muss drei oder gar vier Monate her sein. Sie fand es seltsam, weil alles ganz anders war als sonst, denn er fiel zuerst direkt brutal über sie her und klammerte sich anschließend an sie wie ein verängstigtes Kind. Vielleicht tat ihm seine Grobheit hinterher leid. Vermutlich war es so, denn seitdem schien er ihr noch verschlossener als zuvor. Manchmal zog er sich ganze Abende in sein Arbeitszimmer zurück und sprach kein einziges Wort. Doch dann wurde es besser.

Bis zu diesem schrecklichen Tag, seinem

vierzigsten Geburtstag.

„Ich weiß, dass Torsten mich liebt", wiederholt sie.

„Und doch ist er weg. Er hat dich und die Mädchen sitzenlassen", fasst Barbara zusammen. „Er wohnt jetzt vermutlich bei dieser Frau und hat nicht das Kreuz gehabt, dir diese Beziehung zu beichten. So ein verdammter Feigling!"

Anja schüttelt den Kopf.

„Feige ist Torsten eigentlich nicht. Das passt nicht zu ihm." Nach einer langen Pause spricht sie weiter: „Dieser ganze Tag, ich meine seinen Geburtstag, passt nicht zu ihm. Er war so schrecklich gemein."

Anja fragt sich noch einmal, ob sie ihren Mann überhaupt kennt. Er war schon immer verschlossen, ernst und ehrgeizig und ertrug es nicht, wenn ihm jemand widersprach. Das brachte ihn schnell in Wut. Anja merkt, dass sie in der Vergangenheit denkt und ist zutiefst erschrocken darüber. Soll das heißen, dass sie innerlich weiß, dass ihre gesamte Ehe mit Torsten Vergangenheit ist?

Barbara unterbricht ihre Gedanken. „Jedenfalls ist mir nun klar, warum er sich so grob verhalten hat. Diese Frau wird ihm die Pistole auf die Brust gesetzt haben. Sie hat ihn gezwungen, sich zu entscheiden und von ihm verlangt, dir reinen Wein einzuschenken. Daran gibt es keinen Zweifel."

Anja nickt und versucht verzweifelt, ihre Tränen zurückzuhalten.

„Du wirst diesem Saukerl nicht nachweinen!", befiehlt Barbara.

„Aber sie liebt ihn doch", flüstert Silke. Dann ergreift sie Anjas Hand. „Kannst du mir verzeihen?"

„Du hast ihr nichts getan, nur einen großen Dienst erwiesen. Nun weiß sie wenigstens, woran sie mit ihrem sauberen Gemahl ist."

Nun laufen Anja doch noch Tränen übers Gesicht.

„Ihr könnt euch nicht vorstellen, wie das ist, wenn der Partner einfach verschwindet, sich in Luft auflöst, als hätte es ihn nie gegeben."

Barbara tätschelt ihren Arm.

„Gerald ist Anwalt, zwar kein Scheidungs-anwalt, doch er wird das regeln für dich. Das verspreche ich dir."

Erschrocken schaut Anja auf und Silke fragt ängstlich: „Und wenn Torsten wiederkommt?"

„Dann tritt ihm Anja in den Hintern!"

„Und was wird mit den Kindern?", will Silke wissen.

Anja weint heftiger und Barbara reicht ihr ein Taschentuch.

„Der Herr Papa ist verschwunden und vergnügt sich anderweitig. Wenn er eines Tages geruht zu erscheinen, wird sich ein Weg für die Kinder finden."

Barbara lacht als einzige über ihre geschraubte Rede.

Dann fragt sie: „Hat er alle seine Klamotten mitgenommen?

„Seine Anzüge nicht, nur die Freizeitsachen und Sportschuhe."

Etwas hilflos schauen sich die Freundinnen an. Auf diese Information können sie sich keinen Reim machen.

„Aber seine Anzüge braucht er fürs Büro", ruft Silke aus.

Anja zuckt mit der Schulter und seufzt.

Barbara versucht auf ihre unnachahmlich derbe Art zu trösten: „Vielleicht macht er mit seiner Schlampe erst einmal Urlaub. Danach kommt er wieder. Wirst sehen, in spätestens drei Wochen ist er wieder da. Dann sehen wir weiter."

Unterwegs

Doch Torsten kommt nicht zurück.

Er befindet sich auf der Autobahn Richtung Süden. Die immer graue und endlose Straße, das gleichmäßige Motorengeräusch, die sanft hügelige Landschaft und das Brummen der anderen Fahrzeuge machen ihn schläfrig.

In der Nähe von Weiden muss er tanken. An das Tanken hat er nicht gedacht. Vermutlich hat er viel zu wenig Bargeld mitgenommen.

Er fährt weiter und liest auf den Hinweisschildern, dass die nächste größere Stadt Regensburg ist. Auf große Städte hat er keine Lust, auch nicht auf Regensburg an der Donau, wohin es seinen Schulfreund Axel verschlagen hat. Er könnte ihn besuchen und ihm alles erzählen. Doch vermutlich versteht ihn Axel nicht und würde versuchen, ihm sein Vorhaben auszureden. Außerdem hat er ebenfalls zwei Mädchen. Zwillinge. Ihm würde es das Herz zerreißen, diese zu sehen und an seine eigenen Mädchen zu denken.

Er denkt ohnehin ununterbrochen an Anja, Sofie und Marie. Sie sind in seinem Herzen und in seinem Kopf. Deshalb dreht er die Musik laut auf, so laut, dass er die Töne auf dem vibrierenden Lenkrad spürt. Sie sollen seine Gedanken übertönen, Gedanken an Anja und an alles, was Nicole während der letzten Tage zu ihm sagte.

Kurz vor Regensburg verlässt er die Autobahn. Doch er sucht nicht nach Axel, sondern nach

Wegen durch kleinere Ortschaften. Er hat Zeit. Zum Mittag kehrt er in einem Dorfgasthaus ein und bestellt sich Schweinebraten mit Klößen und Kraut, dazu ein alkoholfreies Weizen. So deftig isst er mittags normalerweise nicht. Obwohl er bereits nach den ersten Bissen keinen Appetit mehr hat, lässt er nichts auf dem Teller zurück.

Die Weiterfahrt ist schwierig, denn die Straßen sind glatt und ein heftiger Regen peitscht gegen die Scheiben, so dass er kaum Sicht hat. Die Stimme im Radio warnt vor Sturm mit Regen und Hochwassergefahr.
„Ich werde halten müssen und warten, bis das Unwetter vorüber ist", denkt er, drosselt das Tempo und bremst.
Im gleichen Moment gibt es einen dumpfen Schlag. Torsten springt aus dem Auto und schaut nach, wogegen er geprallt ist. Auf der Straße liegt ein Schwein, ein recht kleines Schwein mit einem Strick am Hinterlauf. Das Tier bewegt sich nicht. Erschrocken kauert sich Torsten auf die Straße, betrachtet das Schwein und überlegt, was jetzt zu tun ist.
Zuerst zieht er eilig seinen Anorak über und stülpt sich die Kapuze über den Kopf.
Auf einmal hört er Lärm von vielen Stimmen und sieht von der Seite Leute kommen,

vorneweg eine Frau, die laut ruft: „Haltet´s! I krieg di no!"

„Ich habe Ihr Schwein angefahren", gesteht Torsten betreten. „Glauben Sie mir, ich habe es nicht gesehen, obwohl ich schon fast stand. Ich war nicht zu schnell."

Die Frau beachtet Torsten nicht. Sie greift nach dem Strick und verkündet: „I hob´s!"

Die anderen Leute stellen sich neben die Frau, verschränken die Arme und schauen auf den Boden, wo das verletzte Tier noch immer regungslos liegt.

Plötzlich springt das Schwein auf, doch die Frau hält es am Strick und lacht, während das arme Tier jämmerlich quiekt.

„Jetzt kimmst mir nimmer aus!"

Sie stößt einem jungen Burschen grob gegen die Schulter.

„Geh zu, Bastl, etz bisd du dro und schlachtest des Ferkel!"

Der Junge schaut sich hilfesuchend um. Sein Blick bleibt an einem Mann hängen, der im Hintergrund steht und wie entschuldigend die Arme hebt. Alle außer diesem Mann laufen der Frau mit dem quiekenden Schwein hinterher und keiner hat auch nur ein Wort an Torsten gerichtet. Die beiden Männer mustern sich.

„Tut mir leid."

„Braucht´s ned", sagt der Mann und reicht

Torsten die Hand. „I bin da Baua und mog ned mehr schlachdn. Seit zwoa Joarn gäd des so, dass i meine Viecher ned mehr tödn konn. Wuascht konn i no machn und den Brodn essn, mehr gäd ned. Wuist mitkomma zum Schlachtfest?"

Ein Bauer, der seine Tiere nicht mehr töten kann, ist wirklich zu bedauern. Er könnte sein Vieh zum Schlachthof bringen, doch dieses brutale Ende in der Fremde mag er ihm ebenfalls nicht zumuten.

„Woasst, i hob mi oiwei vo meina Viechern vaobschiedet und ihna fia ois gedankt, fia Mille und Fleisch. Sie hom a scheens Lebn. Aba i konn sie ned mehr tödn."

„Verstehe", sagt Torsten, obwohl er sich nicht sicher ist, die Worte in dem stark bayerischen Dialekt tatsächlich richtig verstanden zu haben.

Er klopft dem Mann auf die Schulter und setzt sich wieder in sein Auto. Er mag nicht mit zum Schlachtest gehen. In seinen Gedanken hört er das Schwein noch immer angstvoll quieken.

Dieser Bauer ist selbst so ein armes Schwein. Er versorgt und liebt seine Tiere, die er allein wegen ihres Nutzens hält – und doch vermag er sie nicht zu schlachten. Auch sein Milchvieh wird eines Tages geschlachtet werden müssen oder die Kälbchen. Vielleicht sollte er auf Feldarbeit umsatteln, falls er genügend Land besitzt. Eine andere Chance hat er nicht.

Gegen Abend sucht sich Torsten in Passau ein Zimmer für die Nacht. Er nimmt sich eine Flasche Wodka mit, um nicht so viel nachdenken zu müssen.

Trotzdem schläft er schlecht. Er wähnt sich in unruhigen Träumen in großer Gefahr. Doch alle Leute, die er um Hilfe bittet, sind eingeweiht und verschlimmern die schreckliche Situation.

Er wacht schweißgebadet auf und lässt die Türklinke nicht aus den Augen, als ob von dort jemand zu ihm hereinkommen und ihm Schaden zufügen könnte.

Dabei weiß er, wie albern das ist. Er fühlt sich in seine Kindheit zurückversetzt, wo er sich oft mutterseelenallein fühlte und genau wie heute auf die Türklinke starrte. Immer in der Hoffnung, dass sein Vater noch einmal hereinschaut, bevor er zu Bett geht. Jeden Abend. Doch sein Vater kam nicht mehr und seine Mutter erlaubte nicht, dass er zu ihr ins Bett kroch, wenn er sich ängstigte und einsam fühlte.

Auch jetzt fühlt er sich einsam und verlassen. Doch ihm ist klar, dass es allein seine eigene Schuld ist.

*****

Am nächsten Morgen fühlt er sich erstaunlich frisch und isst sein Frühstück mit Appetit. Es gibt Wurst, Ei, Käse, selbstgemachte Marmelade, Kaffee und Orangensaft. Auch Müsli und Milch stehen bereit, doch das hat Torsten bisher daheim an jedem Morgen gefrühstückt. Mit seinen Mädels. Der Gedanke an sie stimmt ihn traurig. Ob sie jetzt wohl ebenfalls frühstücken und ihn vermissen? Vermutlich hassen sie ihn, weil er so grob zu ihnen war und ohne Abschied verschwand.

Er weiß noch genau, wie sehr er damals vor mehr als dreißig Jahren seinen Vater hasste, als dieser plötzlich die Familie verließ. Keiner wusste, ob ihm etwas zugestoßen war, ob er wiederkommt oder für immer fortbleibt.
Seine Mädels werden sich wohl genauso wie er damals zuerst sorgen, ihn später hassen und schließlich ganz aus ihrem Gedächtnis streichen.

„Passn Sie auf! 's hod vui gschneit üba Nochd", warnt die Wirtin.
Tatsächlich liegt viel Schnee auf den Straßen und auf seinem Auto, das zu allem Unglück hinter einer recht hohen Wehe steht, die der Schneepflug aufgetürmt hat. Leider besitzt er weder einen Besen noch einen Eiskratzer. Zum

Glück kann die Wirtin aushelfen und erklärt ihm anschließend den Weg zum Baumarkt, wo er eine entsprechende Ausrüstung kaufen kann.

Neben dem Baumarkt steht eine moderne Halle mit der Werbung *Back-Factory.* Torsten wundert sich, doch dann begreift er, dass es keine Rückenfabrik ist, sondern eine baking factory oder eben eine Backfabrik. Oft findet er die Mischung aus deutschen und englischen Worten witzig, doch manchmal braucht er einen Moment, um zu begreifen.

Passau ist eine schöne Stadt, von drei Flüssen umgeben und durchzogen, was eine einzigartige Atmosphäre schafft. Torsten überlegt, ob er einige Tage hier verbringen sollte. Doch er verwirft den Gedanken. Er mag nicht an einem Fleck stehenbleiben, er will weiter. Doch er weiß nicht, wohin. Direkt an der Stadtgrenze ist gleichzeitig die Landesgrenze zwischen Deutschland und Österreich.

Österreich. Seit mehr als dreißig Jahren war er nicht mehr dort. Dabei leben seine Großeltern an einem See zwischen hohen Bergen und möglicherweise sogar sein Vater. Er weiß es nicht, denn es gab nie einen Kontakt zu ihnen. Seine Mutter wollte nichts mit dieser Seite seiner Familie zu tun haben, so tief saß die Verletzung, dass ihr Mann sie ohne Abschied in der schwersten Zeit ihres Lebens verließ. Sie hat es nicht einmal fertiggebracht, über die Familie ihres Mannes zu sprechen. Sie erzählte nur die immer gleiche Geschichte, wie Torstens Bruder über die Straße zu seinem Vater lief und dabei überfahren wurde. Den Tod ihres Sohnes hat sie nie verwunden und wurde mit den Jahren eine griesgrämige, verbitterte Frau.

*****

Torsten fährt langsam die Innstraße entlang und sucht nach einer Brücke über den Fluss. Der viele Neuschnee macht die Straßen enger und verdeckt die Kanten der Bürgersteige.
An einer Bushaltestelle sitzt ein Mädchen. Es hält den Kopf gesenkt, schaut aber genau in dem Moment auf, als Torsten vorüber fährt. Ihr Blick ist traurig und Torsten fragt sich, was ihr wohl widerfahren sein könnte. Vermutlich hat sie Ärger mit ihrem Freund.
Plötzlich klopft es an die Scheibe der Beifahrertür. Überrascht stellt er fest, dass er angehalten hat.
„Derf i mit?"
Torsten lässt das Fenster herunter und fragt: „Wo willst du denn hin?"
„Nach Ried."
„Diesen Ort kenne ich nicht."

„Halbe Stund von da über die Autobahn",
antwortet das Mädchen. „Drüben in Österreich."
„Österreich?"
Das Mädchen zuckt mit der Schulter. „Wäre das
ein Problem?" Schnippisch fügt es hinzu: „Pech
gehabt."
Dann ändert es seine Taktik, blinzelt mit den
Augen, lächelt verschmitzt und säuselt: „Bitte!"
Dabei zieht sie das I lang und verfällt in eine Art
Babystimme wie es nur Mädchen können.
Genau wie Marie, Torstens Jüngste. Er muss
schmunzeln und fordert freundlich: „Steig ein!"
Das Mädchen wirft einen Rucksack und seinen
Anorak auf die Rücksitze und legt vorsichtig
einen Gitarrenkoffer obenauf. Der sperrige
Koffer für das Instrument war ihm gar nicht
aufgefallen. Sie spielt also Gitarre wie seine
Tochter Sofie.
Eilig nimmt Torsten sein Handy vom
Beifahrersitz, damit sich das Mädchen nicht
versehentlich darauf setzt. Es ist noch immer
ausgeschaltet. Doch nun muss er es
anschalten, um nach der Fahrstrecke zu
suchen. Er zögert einen Moment, denn ihm ist
klar, dass Anja versucht haben wird, ihn zu
erreichen. Und richtig: Sofort sieht er zwei
Nachrichten von Anja und eine von Marie.
Schnell wischt er sie ohne sie zu lesen weg und
tippt *Ried* ein. Diesen Ortsnamen gibt es

mehrfach sowohl in Deutschland als auch in Österreich.

„Welches Ried meinst du?", fragt er das Mädchen.

„Innkreis, nicht weit."

Jetzt hat Torsten den Ort gefunden. Die Fahrtzeit wird mit knapp vierzig Minuten angegeben. Also doch etwas länger als eine halbe Stunde. Er überlegt, ob er sich diese Tour samt dieser Gesellschaft wirklich antun soll. Doch eigentlich hat er Zeit, viel Zeit und bis jetzt keinen Plan. Jetzt hätte er einen Plan oder wenigstens eine Richtung, die er einschlagen kann. Außerdem sitzt das Mädchen bereits neben ihm und klopft ungeduldig mit ihrer Hand auf ihr Bein.

„Kann losgehen! Bin die Teresa."

Wieder denkt er an Marie, die schnell ungeduldig wird, weil ihr alles zu langsam geht.

„Dein Name gefällt mir, es ist ein schöner Name."

Torsten startet und fährt los, Richtung Autobahn.

„Ich bin der Torsten."

„Norddeutscher?"

„Wieso?", fragt er verwundert.

„Der Name. Torsten ist nordisch, oder?"

„Kann man so sehen. Ich lebe ... ähm ... komme aus Chemnitz."

„Ah, ein Sachse also."

Torsten schüttelt den Kopf.

„Nicht direkt. Ich bin in Hessen aufgewachsen, in Frankfurt, und erst nach der Wende in den Osten gegangen."

Er konzentriert sich auf die Straße und die Auffahrt zur Autobahn. Jetzt lässt es sich erheblich angenehmer fahren, denn die Schnellstraße ist frei von Schnee.

„Du spielst Gitarre?"

Er nickt mit dem Kopf nach hinten, wo der Gitarrenkoffer liegt.

„Und ich singe dazu", ergänzt Teresa stolz.

Torsten denkt an seinen Geburtstag vor zwei Tagen, als ihm seine Töchter ein Ständchen bringen wollten und er sie so garstig unterbrach.

„Was singst du so?"

„Am liebsten Volkslieder zusammen mit meinen beiden Schwestern. Wir treten auch auf."

„Oh! Neben mir sitzt eine Künstlerin! Das beeindruckt mich."

Skeptisch schaut ihn Teresa an, weil manche Leute etwas sarkastisch oder gar abfällig reagieren, wenn sie von ihrer geliebten Volksmusik schwärmt.

„Aber heute hast du ohne deine Schwestern gesungen."

„Genau. Ich habe nur für meine Oma gesungen, die liegt im Passauer Krankenhaus."

„Das tut mir leid."

„Mir auch. Aber es ist nicht schlimm. Eigentlich ist es eine eher lustige Geschichte. Mögen Sie Geschichten?"

„Wenn sie lustig sind: immer."

„Also: Meine Oma lässt immer alles anbrennen, weil sie vergisst, die Herdplatten auszuschalten."

„Das ist aber gar nicht lustig", unterbricht Torsten.

„Das nicht. Und meine Oma fand es noch weniger lustig, dass mein Papa sie wegen ihrer Vergesslichkeit ins Altenheim stecken wollte. Deshalb ist sie einfach abgehauen."

„Abgehauen? Wie denn abgehauen?"

Teresa lacht.

„Nun, sie war plötzlich weg. Sie hat keinem auch nur ein Sterbenswörtchen davon gesagt, nicht einmal ihrer Nachbarin."

„Eine Nachbarin ist wohl nicht so wichtig", denkt Torsten. Laut fragt er: „Euch auch nicht?"

„Nein, uns auch nicht." Teresa schaut Torsten an. „Sie können sich nicht vorstellen, wie aufgeregt meine Eltern waren. Sie hatten furchtbare Angst, dass Oma etwas zugestoßen sein könnte."

Torsten schluckt. Er fragt sich, ob wohl auch

Anja glaubt, dass ihm etwas zugestoßen sei. Das möchte er nicht. Doch es war ihm unmöglich, ihr eine Nachricht zu hinterlassen. Was hätte er auch schreiben sollen? Etwas Nettes hätte sie nicht trösten können und lügen mochte er ebenso wenig.

„Eigentlich passte diese ganze Geschichte überhaupt nicht zu Oma. Sie war immer zuverlässig und tat nichts unüberlegt."

Teresa hört auf zu reden und denkt nach.

„Naja, sie leidet ein klein wenig an Altersdemenz, weshalb sie manchmal vergaß, die Herdplatten auszuschalten. Doch dieses Mal hatte sie sogar vergessen, ihre Wohnungstür abzusperren." Sie dreht sich zu Torsten um und ruft aufgeregt: „Stellen Sie sich vor, diese Tür stand stundenlang sperrangelweit offen!"

„Oje, das hätte böse ausgehen können."

„Genau. Die Nachbarin rief Papa an und sagte, dass Omas Wohnungstür unverschlossen, die Oma aber nicht im Haus sei."

„Und wie ging es weiter?", fragt Torsten interessiert nach.

„Das war ein Theater!" Teresa lacht. „Papa hat die ganze Verwandtschaft alarmiert und wir sind auf die Suche gegangen, haben alle Stellen abgeklappert, wo sich die Oma gewöhnlich aufhielt. Im Supermarkt, beim Bäcker, im Park, auf der Sparkasse, in der

Gärtnerei, auf dem Friedhof, im Café. Doch sie war nirgendwo."

Teresa schüttelt theatralisch ihren Kopf und wedelt wie verzweifelt mit ihren Händen. Das amüsiert Torsten und er denkt wieder an Marie, die genau wie Teresa mit viel Mimik und Gestik erzählt und dabei geschickt ihre Stimme einsetzt.

„Mein Papa war ganz aufgelöst vor Sorge und ist sogar zur Polizei gegangen."

„Zur Polizei?"

„Klar! Er musste schließlich seine Mutter als vermisst melden."

Daran hat Torsten gar nicht gedacht. Wenn nun Anja ebenfalls eine Vermisstenanzeige bei der Polizei aufgibt, damit sie nach ihm suchen? Doch er erinnert sich, dass die Polizei nur Kinder und andere hilflose Menschen sucht. Er ist nicht hilflos. Ihm steht es frei zu gehen, wohin er will. Nein, nach ihm würde die Polizei nicht suchen. Trotzdem ist er froh, seine Kreditkarten daheim gelassen zu haben. An den Abrechnungen hätte ihn Anja finden können.

„Die Gendarmen ..."

„Gendarmen?"

„Hieß früher so, gibt's nicht mehr, aber die Leute sagen es noch. Also die wollten wissen, ob ihre Papiere noch da wären."

„Welche Papiere meinst du?"

„Ausweis und so. Daran hatten meine Eltern gar nicht gedacht. Jedenfalls war Omas Tasche samt Geldbeutel, Bankkarte und was weiß ich nicht alles ebenfalls weg. Es stellte sich heraus, dass sie allerhand Geld abgehoben hatte."

Torsten hat ebenfalls Geld abgehoben, aber nur fünfhundert Euro. Mehr wollte er nicht, mehr braucht er nicht. Zumindest hofft er das.

„Nun wird es spannend", sagt er. „Doch noch immer nicht lustig."

„Ach, ich finde die Geschichte oberlustig. Die Oma ist einfach abgehauen, weil sie nicht ins Altenheim wollte. Cool ist das!"

Cool ist das für ein junges Mädchen. Doch Torsten fürchtet, dass seine Mädels sein Verschwinden gar nicht cool finden, vermutlich nicht einmal Marie, die normalerweise Abenteuer mag.

„Und wo habt ihr sie schließlich gefunden?"

Teresa lacht, antwortet aber nicht sofort. Sie freut sich, dass Torsten so aufmerksam zuhört und will das Ende hinauszögern, die Spannung erhöhen.

„Wir haben sie nicht gefunden, sie hat uns gefunden. Sie ist nämlich gestürzt und kam ins Krankenhaus. Und zwar nach Passau."

„Was wollte sie denn in Passau?", fragt Torsten neugierig.

„Keine Ahnung! Das will sie uns um nichts in der Welt verraten. Keiner weiß, weshalb sie nach Deutschland wollte und wie sie dahin gekommen ist."

„Seltsam", findet nun auch Torsten.

„Nicht wahr?"

Plötzlich fragt sie unvermittelt: „Haben Sie eine Zigarette für mich?"

„Nein, ich rauche nicht. Und du solltest auch nicht rauchen."

„Sind Sie Lehrer oder was?"

„Das nicht, doch ich weiß wie jeder Mensch, dass Rauchen ungesund ist."

„Ach was! Was ist schon gesund und was nicht? Da darf ich überhaupt nichts mehr machen und auch nichts essen."

Nichts machen und nichts essen, denkt er amüsiert und stellt sich vor, wie Anja jetzt reagieren und argumentieren würde. Sie ärgert sich übertrieben über jede Verallgemeinerung und achtet seiner Meinung nach noch viel übertriebener auf gesunde Ernährung. Daher kennt er die Frage: Was darf ich überhaupt noch essen.

„Bei uns im Krankenhaus rauchen alle", erklärt Teresa fröhlich.

„Alle? Wirklich alle?", erkundigt er sich und verbeißt sich das Lachen.

„Ich bin Schwesternschülerin."

Torsten fällt ein Gespräch mit Anja ein. Sie regte sich furchtbar darüber auf, dass ausgerechnet Pfleger, Kinderbetreuer und Köche rauchen, die es doch besser wissen sollten. Ihm war das vorher noch nie aufgefallen und er hatte sich auch niemals Gedanken darüber gemacht. Anja hat also Recht mit ihrer Beobachtung. Sie nimmt ihr Umfeld ohnehin ganz anders wahr als Torsten.

„Das erklärt natürlich alles", sagt Torsten bissig.

„Wieso?"

„Es passt irgendwie nicht."

Teresa zuckt mit der Schulter. Dann nimmt sie den Faden ihrer Geschichte wieder auf.

„Papa wollte seine Mutter sofort in unser Krankenhaus nach Ried holen, doch Oma will nicht. Sie sagt, sie sei nicht transportfähig."

Teresa lacht. „Doch das stimmt nicht."

Torsten hätte gern noch mehr von dieser seltsamen Geschichte gehört, doch er hat längst die Autobahn verlassen und das Ortsschild von Ried passiert. Keine zwei Minuten später steigt Teresa vergnügt aus dem Auto, kramt ihre Sachen von den Rücksitzen, winkt kurz und verschwindet.

*****

Er fährt nicht zurück auf die Autobahn, sondern einfach weiter aus der kleinen Industriestadt hinaus. Bald führt die gut ausgebaute Straße durch langweilig flaches Land. Die umliegenden Felder sind nur leicht mit Schnee überpudert. Viele Fahrzeuge überholen ihn. Ihn stört das nicht, obwohl er bisher gern schnell fuhr.

Anja mochte die Raserei, wie sie es nannte, nicht. Auch Sofie empfand schnelles Fahren als unangenehm oder gar beängstigend. Nur Marie ging es nie schnell genug.

Doch Torsten hat Zeit und weiß noch immer nicht, wohin ihn seine Reise ohne Ziel führen soll. Er denkt nicht nach und folgt einfach der Straße, die sich durch viele kleine, ihm völlig unbekannte Ortschaften schlängelt. Schließlich fährt er an einem riesigen See entlang. Auch ihn kennt Torsten nicht.

Auf einem Ortsschild liest er Steinbach am Attersee und kurz darauf entdeckt er eine Möglichkeit, wo er sein Auto abstellen kann. Vermutlich ist dies der Ortskern.

Langsam schlendert er die wenigen Schritte bis hinunter zum See. Das Wasser scheint dick wie Öl, aber es trägt kein Eis, obwohl ein frostig kalter Wind weht. Links neben dem Weg bemerkt er ein seltsames Gebilde aus Eis. Erst, als er näher kommt und die verschieden dicken

Zacken gründlicher betrachtet, erkennt er eine Bank, die vollkommen von Eis eingeschlossen ist. Sicher hat der eiskalte Wind Wasserspritzer auf das Holz geweht und diese augenblicklich zu Eis frieren lassen. Er will schon nach seinem Handy greifen und ein Foto von diesem seltsamen Kunstgebilde schießen, überlegt es sich aber anders, denn er möchte nicht noch einmal an Anjas und Nicoles Nachrichten erinnert werden. Er erinnert sich ohnehin während der gesamten Fahrt ständig an Dinge, an die er sich nicht erinnern will.

Der Himmel ist blau – keine Wolke zu sehen, aber auch keine Sonne. Vermutlich steigt sie während der Wintermonate nicht über den Berg, weshalb es trotz des Schnees irgendwie trüb, fast grau aussieht wie das Wasser.
Torsten dreht dem Wasser den Rücken zu und schaut den Hang hinauf. Dabei entdeckt er weiter oben hinter den Häusern eine kleine Kirche mit einer hübschen Zwiebelkuppel. Er gehört keiner Glaubensgemeinschaft an, doch er mag Kirchen. Am liebsten sind ihm die kleinen, etwas unscheinbaren, die nicht so wuchtig auffallen und innen mit ihrem Prunk blenden.
Er beschließt, in diesem Ort zu übernachten. Sein Auto steht nicht weit von einem Hotel-

restaurant entfernt. Doch ein Schild im Fenster des Lokals weist darauf hin, dass die Wirtschaft nur von April bis Oktober geöffnet hat.

Auf einer weiteren Tafel erfährt er, dass hier Gustav Mahler weilte und sogar in einer winzigen Hütte direkt am See komponierte.

Gustav Mahler. Anja hört sein Adagietto so gern und hat mehrere CDs von diesem Musikstück, eines gespielt mit den Berlinern Philharmonikern und eines mit einem Klaviersolo. Torsten versucht, sich an die Melodie zu erinnern, doch es gelingt ihm nicht. Er weiß nur, dass sie sehr langsam ist und zu Herzen geht. Mit klassischer Musik kennt er sich nicht so gut aus wie Anja. Eigentlich ist er gar kein Musikliebhaber und möchte auch nicht irgendwo untätig herumsitzen und einer Melodie lauschen. Musik hört er ausnahmslos aus seinem Autoradio.

Jedenfalls kann er im Ort nicht übernachten. Also setzt er sich ins Auto und fährt weiter, viele Kilometer immer am See entlang. Solch einen gewaltig großen See hat er im kleinen Österreich nicht erwartet.

Über dem Wasser zieht Nebel auf, der Temperaturmesser im Auto zeigt minus fünf Grad. Von daheim kennt er nur Morgennebel, der sich meist lange vor dem Mittag aufgelöst hat. Doch jetzt ist Nachmittag.

Es fährt sich äußerst unangenehm im Nebel – noch dazu in dieser ihm völlig fremden Gegend. Deshalb ist er froh, als er im nächsten Ort einen Abzweig entdeckt, Bad Ischl steht auf dem Hinweisschild. Das ist ein größerer, touristisch bekannter Ort, wo er sicher übernachten kann.

*****

Kurz nach dem Abzweig ist der Ort zu Ende. Torsten hält an und steigt aus, weil seine Blase unangenehm drückt. Er geht ein paar Schritte und entdeckt einen schmalen Trampelpfad in den Wald hinein mit deutlichen Abdrücken von Stiefeln in mindestens zwei verschiedenen Größen. Neugierig folgt er den Spuren. Es kann nicht schaden, ein wenig zu gehen.

Plötzlich sieht er eine Art Baumhaus aus zusammengetragenen Ästen und Zweigen. Darin kauert eine alte Frau.

„Was machen Sie hier?", fragt Torsten verblüfft.

„Ich werde hier sterben. Stören Sie mich nicht!", antwortet die Frau mit fester Stimme.

„Natürlich werden Sie sterben bei dieser Kälte. Kommen Sie! Ich helfe Ihnen."

Torsten reicht der Frau seine Hand, doch die ergreift sie nicht, sondern lehnt sich weit nach hinten und versteckt ihre Hände hinter dem Rücken.

„Sie können hier nicht bleiben!"

„Ich will und ich kann", zischt sie.

Mit roher Gewalt will er die Frau nicht aus ihrem Versteck ziehen. Aber er kann sie auch nicht einfach hier in der Kälte sitzen lassen und seiner Wege gehen. Kurz entschlossen kauert er sich neben die Frau und sagt: „Mein Name ist Torsten."

„Angenehm."

Nun muss er lachen, weil sie sich so höflich ausdrückt. Überhaupt wirkt sie nicht wie eine Obdachlose. Sie trägt einen Mantel aus feinem Stoff, warme Stiefel und eine handgestrickte Mütze auf dem Kopf. Und sie spricht reines Hochdeutsch, als stamme sie nicht aus der Gegend.

„Wohnen Sie hier im Ort?"

Misstrauisch mustert ihn die Alte.

„Das geht Sie gar nichts an."

„Das stimmt. Doch ich möchte Sie zurück in Ihr Haus bringen. Hier können Sie nicht bleiben."

„Das sagten Sie bereits. Und ich sagte, dass ich hier bleibe und Sie mich nicht weiter stören sollen. Gehen Sie!"

Wenn Torsten diese Frau wie gewünscht einfach im Wald sitzen lässt, wird sie erfrieren. Es sind jetzt schon minus fünf Grad und wird in der Nacht sicher noch kälter werden. Einfach wegzugehen kann er mit seinem Gewissen nicht vereinbaren. Außerdem wäre es unterlassene Hilfeleistung und somit strafbar. Mit Strafrecht kennt Torsten sich recht gut aus und vermutet, dass es in Österreich ähnlich wie in Deutschland gehandhabt wird.

„Es wird bald dunkel", gibt er zu bedenken.

„Das sehe ich."

„Ich bitte Sie, sagen Sie mir, was Sie hier machen!"

„Auch das sagte ich Ihnen bereits: Ich werde hier sterben."

Torsten denkt nach. Entweder, die Frau ist komplett verrückt, dement oder einfach nur stur. Da sie aber konkret und nicht wirr antwortet, versucht er es mit Logik.

„Warum wollen Sie ausgerechnet im kalten Winterwald sterben? Daheim im warmen Bett wäre das viel gemütlicher."

Überrascht schaut ihn die Frau an. „Meinen Sie?"

„Auf jeden Fall."

Wieder überlegt die Frau. Schließlich erklärt sie: „Wissen Sie, mein Enkel Cedric hat mir eine Geschichte von einem Indianer vorgelesen, der zum Sterben in die Berge stieg, als er merkte, dass sein Leben zu Ende ging."

Wenn die Geschichte nicht so irrsinnig wäre, hätte Torsten jetzt gelacht. Doch er merkt, dass es der Frau ernst ist und verkneift sich das

Lachen.

„Ich kenne diese Geschichte. Es ist eine schöne Geschichte", sagt er. „Doch Sie sind kein Indianer. Oder doch?"

„Was hat das damit zu tun?", schimpft die Frau aufgebracht. „Tiere machen das auch so. Zum Beispiel Elefanten."

„Das wusste ich nicht", gibt Torsten zu. „Doch ein Elefant sind Sie auch nicht."

„Natürlich nicht. Wollen Sie mich veräppeln?"

„Veräppeln?" Torsten lacht. „Was ist das denn für ein seltsamer Ausdruck?"

„Veräppeln heißt verkohlen, veralbern, auf den Arm nehmen."

„Ich werde Sie gleich auf den Arm nehmen, wenn Sie mir jetzt nicht freiwillig sagen, wo Sie wohnen und wohin ich Sie bringen darf."

„Das ist Nötigung! Erpressung!", schreit die Frau aufgebracht.

Torsten weiß, dass die Frau streng genommen Recht hat. Trotzdem beschließt er, jetzt energischer zu agieren und sagt: „Nein, das ist Hilfe. Ich helfe Ihnen und zwar jetzt sofort. Ansonsten werden Sie merken, dass ich kräftiger bin als Sie, wenn ich Gewalt anwenden muss."

„So einer sind Sie also! Ich schreie gleich!"

„Tun Sie das! Vielleicht hört uns jemand und kommt mir zu Hilfe. Dann muss ich Sie nicht allein zurück in Ihr Haus tragen."

Die Alte schaut Torsten erschrocken an. Doch sie rührt sich nicht und macht auch keine Anstalten, aufzustehen.

„Jetzt kommen Sie! Mir ist schon ganz kalt", bittet er.

„Das ist allein Ihr Problem."

Wütend über so viel Unvernunft tritt er gegen den nächsten Ast. Der hat offenbar das gesamte zeltartige Gebilde gehalten, das nun zur Seite kippt und die Frau unter sich begräbt.

Eilig wirft Torsten Äste und Zweige zur Seite. Nun kann er leicht der Alten unter die Arme fassen und nach oben ziehen. Sofort knicken ihr die Beine wieder ein und er kann sie gerade noch hochhalten.

„Können Sie nicht laufen?", fragt er besorgt.

„Doch, doch. Nur wollen meine alten Knochen nicht so recht. Sie brauchen ein Sekündchen, dann funktionieren sie wieder."

Langsam gehen sie Schritt für Schritt den Weg zurück bis zum Auto, während die alte Frau leise vor sich hin schimpft. Um zurück zu den letzten Häusern zu gelangen, müsste er sein Fahrzeug wenden, was bei der schmalen Straße und der neblig schlechten Sicht nicht einfach sein wird.

Noch bevor er die Beifahrertür öffnen kann, sieht er mehrere Menschen die Straße entlang laufen. Auf die Entfernung kann er nicht verstehen, was sie rufen. Neben ihm hält plötzlich ein Auto und ein Mann springt heraus. „Marga! Hier steckst du also! Wir suchen dich überall!" Dann wendet er sich an Torsten und schnauzt: „Was haben Sie mit Frau Feller vor?" „Nichts. Ich fand sie zufällig im Wald, als ich … Naja, das kann sie Ihnen selbst erzählen."

Die anderen Leute sind inzwischen herangekommen, umringen Frau Feller und reden besorgt auf sie ein. Torsten nutzt den Moment, um rasch in sein Auto zu steigen und abzufahren.

*****

Die Straße führt durch ein Tal immer an einem Fluss entlang. Ringsum ist dichter Wald. Schließlich muss er sein Tempo noch mehr drosseln, denn es wird dunkler und die Straße obendrein kurviger. Es geht steil bergab, obwohl er glaubte, am See entlang kaum einige hundert Meter über dem Meeresspiegel zu sein. Hinweisschilder warnen Motorradfahrer. Doch Torsten begegnet keinen Motorrädern, auch keinem anderen Fahrzeug. Er fühlt sich wie allein auf der Welt.

Ihm geht die alte Frau Feller nicht aus dem Kopf. Er fragt sich, was sie sich dabei dachte, in einer eiskalten Nacht draußen im Wald sterben zu wollen. Sie wirkte gar nicht krank. Sterben zu wollen scheint ihm deshalb vollkommen unlogisch.

Auch Teresas Oma handelte unlogisch, als sie einfach daheim fortlief und ihre Familie in großer Sorge zurückließ. Torsten überlegt, ob sie wohl ein festes Ziel hatte, eine Adresse, wo man sie aufnimmt.

Normal scheinen ihm beide Geschichten nicht. Zwei alte Frauen, die einfach davonlaufen ohne ihre Familien zu informieren.

Plötzlich wird ihm bewusst, dass er ebenfalls seine Familie einfach zurückgelassen hat. Anja und die Mädels werden sich vermutlich große Sorgen machen. Das tut ihm leid. Doch dann fällt ihm ein, wie mies er sich ihnen gegenüber verhalten hat, weshalb sie sicher wütend auf ihn sind. Vielleicht sind sie ganz froh, ihn los zu sein. Außerdem ist es nicht mehr zu ändern. Er hat diesen Plan gefasst und seine Gründe dafür.

Trotzdem findet er es äußerst seltsam, heute gleich zwei Geschichten erfahren zu haben, in denen Menschen genau wie er von daheim weggelaufen sind. Doch das waren beides alte Frauen. Er dagegen ist ein junger Mann. Deshalb hinkt für ihn am Ende doch der Vergleich.

Bad Ischl

Bad Ischl. Torsten fährt ins Stadtzentrum und findet sofort ein schönes Hotel. Das Zimmer ist geräumig, hat ein großes Bett, einen Schreibtisch und eine Minibar.

Zum Essen geht er hinunter ins Lokal. Eine Wand wird von einem riesigen Gemälde ausgefüllt, es zeigt einen Kaiser, der genauso aussieht wie der in den Sissi-Filmen. Dabei fällt ihm ein, dass Bad Ischl auch Kaiserstadt genannt wird. Jedenfalls findet er das Porträt witziger, als wenn das Bild eines Politikers dort hängen würde oder der Kopf eines röhrenden Hirsches.

Torsten fragt den Kellner: „Was ist das für ein Rohschinken, der in einem Salzkammergut reift?", und tippt dabei auf die Speisekarte.

Der Mann beugt sich herunter, um besser lesen zu können.

Dann erklärt er: „Salzkammergut heißt die Gegend hier. Der Schinken ist also von einem heimischen Bauern."

Torsten bestellt diesen Schinken. Dazu werden Birnenkartoffel serviert.

Während er isst, spielt ein junger Bursche

Gitarre. Dieses Geklimper ist nicht nach seinem Geschmack, denn es sind keine normalen Begleitakkorde, sondern einzeln gezupfte Töne.

„Das ist ein Stück von Bach", erklärt der Kellner.

Torsten glaubte bisher, dass Bach nur für Klavier komponierte und fragt sich, ob Sophie ebenfalls klassische Stücke lernt. Erstaunt muss er sich eingestehen, dass er das nicht weiß.

Was weiß er überhaupt über seine Mädels?

Die vierzehnjährige Sofie ist sanft und bedächtig, aber auch schnell eingeschnappt. Das macht den Umgang mit ihr manchmal schwierig. Torsten ist sich unsicher, ob sie in die achte oder bereits in die neunte Klasse geht.

Marie ist zwei Jahre jünger als ihre Schwester, wirkt aber gefestigter. Mir ihrem lauten Frohsinn sorgt sie für gute Stimmung im Haus und erreicht mit ihrem natürlichen Charme fast immer genau das, was sie möchte. Torsten geht davon aus, dass sie leichter als Sofie verkraften wird, dass er nicht wiederkommt.

Und Anja? Sie lebt für ihre Familie. Deshalb arbeitet sie bewusst nur halbtags, damit sie am Nachmittag ganz für ihre Mädchen da sein kann.

Was machen seine Mädels eigentlich am

Nachmittag? Er weiß es nicht. Es spielt auch keine Rolle, denn während dieser Zeit arbeitete er bisher immer in der Kanzlei. Seine Arbeit in der Kanzlei war ihm immer wichtiger als Freunde, Freizeit und sogar Familie. Denn die Arbeit empfindet er als Grundlage für alles. Alles, was er anpackt, muss funktionieren und zwar zu hundert Prozent, es muss einen Sinn haben und wirtschaftlich wertvoll sein. Er ist stolz auf seine geschickte Sparsamkeit und seine Fähigkeit, das Haus hochwertig aus-statten, die beiden Autos und die Hobbys der Kinder problemlos finanzieren zu können.

Vielleicht wären seine Mädels glücklicher gewesen, wenn er für sie mehr Zeit gehabt hätte. Doch diesen Gedanken schiebt er sofort von sich. Frauen wollen Sicherheit und neue Kleider und sind ansonsten lieber unter sich. Sie schwatzen und kichern über alles und nichts, was ihm schon als Junge zu albern war.

*****

„Darf ich dem jungen Mann, der da vorn Gitarre spielt, einen Drink spendieren?", fragt Torsten den Kellner.

„Ich bringe ihm ein Bier, wenn Sie erlauben."

Torsten nickt und beobachtet, wie der Kellner das Bier auf einem Tisch neben dem Jungen abstellt und zu ihm herüber zeigt. Der junge Mann lächelt Torsten zu.

Kurz darauf kommt er an seinen Tisch und bedankt sich.

„Darf ich mich vorstellen?" Er deutet eine leichte Verbeugung an. „Jakob Jäkel."

„Du kannst dich gern zu mir setzen, wenn du magst und Zeit hast."

Torsten zeigt auf einen Stuhl.

„Danke."

„Jakob. Das ist ein seltener Vorname, nicht wahr?"

„Bei uns in Tirol kommt er sehr häufig vor."

„Tirol? Du kommst also aus einem anderen Bundesland und nicht aus dem Salzkammergut?"

„Richtig, obwohl das Salzkammergut kein eigenes Bundesland ist, sondern nur eine winzig kleine Region, die sich lustigerweise über gleich drei Bundesländer erstreckt: Oberösterreich, Steiermark und Salzburg."

Torsten ruft sich die Karte von Österreich ins Gedächtnis. Doch er muss sich eingestehen, dass er überhaupt keine Vorstellung von den hiesigen Bundesländern hat. Er nutzt lieber gezielt die moderne Technik als altmodische Karten von ganzen Gebieten.

„Meine Tochter heißt Sofie. Sie spielt ebenfalls Gitarre, doch vermutlich nicht das Stück, das du vorhin gespielt hast."

„Prelúde von Bach. Seine Stücke sind derart genial und klar strukturiert, dass man sie leicht auf der Gitarre spielen kann. Gleichgültig, für welches Instrument er sie komponiert hat."

Jakob lacht. „Ich kann hier in so einem feinen Hotel schließlich nicht AC/DC hämmern."

Torsten schaut hinüber zur Gitarre. Bei Rockmusik denkt er eher an Elektro-Gitarren und nicht an solch eine einfache Konzertgitarre wie die von Jakob und wie sie auch Sofie besitzt.

„Anfangs spielte ich nur Pentatoniken", erzählt Jakob.

„Penta-was?"

„Pentatonik. Musik, die aus fünf Tönen besteht, also einfach zu lernen. Man kann recht schnell die Mädels damit beeindrucken."

„Das verstehe ich." Torsten nickt anerkennend.

„Dann hörte ich das Gitarrensolo von „Nothing Else Matters" von Metallica und wollte es unbedingt spielen. Das war nun gar nicht einfach. Doch ich war so begeistert, dass ich es so lange übte, bis ich es irgendwann konnte. Absolutes Gänsehaut-Feeling."

Torsten nickt. „Das verstehe ich gut, den Song mag ich ebenfalls sehr."

„Danach mochte ich die einfachen Griffe nicht mehr und wollte Melodien spielen, Melodien, die man mitsingen kann, die einem nicht mehr aus dem Kopf gehen."

Wieder nickt Torsten.

„Ich übte dann wie besessen Sweet Child O´ Mine von Guns N´Roses, Melodien von Led Zeppelin oder Pink Floyd. O! Pink Floyd! Ich sterbe für diese Gruppe!"

„Nana, junger Mann. So schnell stirbt sich nicht."

Dabei weiß er selbst sehr genau, dass man sehr wohl sehr schnell sterben kann.

„O doch!", flüstert Jakob.

Seine Miene ist plötzlich ernst. Etwas verlegen schaut er zur Seite.

Torsten fragt sich, was solch ein junger Bursche vom Sterben wissen kann. Er selbst hat früher nie über den Tod nachgedacht. Auch über seinen verunglückten Bruder nicht. Die Eltern hatten ihm nichts darüber erklärt. Er war einfach nicht mehr da, was die Mutter traurig machte und den Vater vertrieb.

Bei Künstlern ist das wohl anders. Sie dichten und singen über den Tod auch dann, wenn sie jung und gesund sind. Das findet er seltsam.

Deshalb fragt er: „Wie kommt es, dass solch ein junger Bursche wie du ans Sterben denkt?"

Jakob schaut Torsten lange an. Er überlegt, ob er einfach aufstehen und seine Gitarre schnappen soll. Musik hat ihn schon immer gut abgelenkt. Vielleicht reicht ein lockerer Spruch und er kann noch ein wenig hier sitzen bleiben und plaudern. Doch dann entscheidet er sich für eine ehrliche Antwort.

„Meine Schwester starb, als ich zwölf war. Zwölf! Ich verstand das einfach nicht. Damals fing ich an, Gitarre zu spielen. Ohne die Musik wäre ich wohl mitgestorben."

„Das tut mir leid."

Mit zwölf Jahren erlebt man den Tod und das Verschwinden eines geliebten Menschen schon bewusst. Torsten kann sich weder an seinen Bruder noch an seinen Vater erinnern. Er war zu klein, als beide aus seinem Leben verschwanden.

„Woran ist deine Schwester gestorben?", fragt er mitfühlend.

„Hirnschlag."

Jakob betrachtet stumm seine Hände.

Dann erzählt er weiter: „Ich war wütend auf sie, weil sie so lange das Bad blockierte. Das Wasser in der Dusche rauschte. Es rauschte ewig und ich musste aufs Klo. Doch sie machte nicht auf, obwohl ich ständig gegen die Tür klopfte und schließlich mit dem Fuß dagegen trat."

Jakob schweigt. Nach einer halben Ewigkeit nimmt er den Faden wieder auf.

„Sie lag nackt und nass in der Dusche und das

Wasser lief immer weiter."

Der Kellner serviert Bratkartoffeln mit Spiegelei und wünscht einen guten Appetit. Jakobs Augen leuchten. Er nimmt sofort die Gabel in die rechte Hand und isst gierig los.
„Seit heute Morgen habe ich nichts mehr zu beißen bekommen", sagt er entschuldigend.
Torsten lächelt und wünscht einen guten Appetit.
„Du spielst nicht wie die meisten jungen Leute Elektro-Gitarre."
„Hab keine. Ist auch unpraktisch für draußen. Bin im Moment Straßenmusiker."
„Im Winter?"
Jakob zuckt mit der Schulter. „So komme ich an Kohle. Von irgendwas muss man ja leben." Er zeigt auf seinen Teller. „Das geht auf Kosten des Hauses, auch die Übernachtung."
Torsten staunt. „Du lebst nicht schlecht."
„Heute so, morgen anders."
Torsten überlegt, wie Jakobs Leben als Straßenmusiker aussehen könnte, aber er hat keine Vorstellung davon. Doch bevor er nachfragen kann, erzählt der Junge weiter.
„Heute Nachmittag spielte ich auf der Straße. Keine Sau blieb stehen, weil es so kalt war. Außerdem ist meine Gitarre zwischen all dem Straßenlärm nicht wirklich zu hören. Da sah

mich zufällig der Inhaber des Hotels und nahm mich mit. Und hier bin ich."

Jakob breitet seine Arme theatralisch aus. Nun versteht Torsten.

„Darfst du hier im Hotel bleiben? Ich meine, hast du so eine Art Arrangement?"

Jakob lacht und schüttelt den Kopf.

„Manchmal habe ich Glück, manchmal nicht. Manchmal werde ich wie heute von der Straße weg in einen Gasthof oder zu einer Geburtstagsfeier geholt. Dort bekomme ich zu essen und manchmal auch ein Bett für die Nacht. Jetzt während der Nebensaison ist das nicht allzu schwer."

Solch ein Zigeunerleben gefällt Torsten nicht. Schon gar nicht im Winter. Er will immer wissen, was zu tun ist und wie sein Tag verlaufen wird. Doch wenn er genauer darüber nachdenkt, zieht er im Moment ebenso wie Jakob planlos durchs Land. Der Unterschied ist nur, dass er nicht für Essen und Übernachtung arbeiten muss.

„Hast du eigentlich einen Plan? Oder willst du ewig auf der Straße oder auf privaten Festen spielen?"

„Klar habe ich einen Plan." Jakobs Augen leuchten begeistert. „Ich will nach Wien. Dort finde ich locker Arbeit."

„Als Musiker?"

„Natürlich als Musiker! Was denn sonst?", bestätigt Jakob und schaut Torsten trotzig an. „Meine Eltern halten das für eine brotlose Kunst. Das schmierten sie mir jeden Tag aufs Butterbrot. Damit ist nun Schluss, denn seit Anfang Dezember bin ich Achtzehn und kann machen, was ich will."

„Ganz so locker würde ich das nicht sehen. Du brauchst eine Ausbildung und ..."

„Jajaja, auch das höre ich seit Jahren. Ich brauche weiter nichts als eine Bleibe und etwas zu essen. Und das werde ich in Wien finden und obendrein eine Gruppe, die einen Gitarristen sucht."

Torsten nickt. Doch so leicht, wie Jakob sich das Leben als Musiker vorstellt, wird es wohl nicht sein.

„Du hast ziemlich hohe Erwartungen. Weißt du eigentlich, dass Erwartungen nie in Erfüllung gehen?"

Wütend schaut Jakob Torsten an. „Doch wenn man keine Erwartungen hat, ist man tot. Enttäuschungen gehören zum Leben dazu."

Torsten nickt. Er will nicht wie ein Oberlehrer wirken und sagt besser nichts mehr. Außerdem scheinen ihm die Antworten des jungen Burschen gut überlegt.

Ihm geht Jakobs Geschichte nicht aus dem

Kopf. Darüber wundert er sich, denn bisher interessierten ihn private Erlebnisse nicht. Allein seine Arbeit war ihm wichtig. Doch seit gestern passieren immer wieder seltsame Dinge, die ihn über fremde Schicksale nachdenken lassen.

Angefangen hat alles mit dem Ferkel, das vor dem Schlachter davonlief. Dann erzählte Teresa von ihrer verschwundenen Oma, die nicht ins Heim wollte und schließlich fand er im Wald die alte Frau Feller, die dort in eisiger Kälte sterben wollte. In jeder Geschichte spielte der Tod eine Rolle, auch in der von Jakob, dessen Schwester so früh starb. Torsten hält solch eine Häufung für sehr ungewöhnlich. Und er findet es auch ungewöhnlich, dass Jakob so wagemutig nach Wien reist, um dort Musiker zu werden.

Er vermutet, dass Jakob einfach daheim weggelaufen ist. Vielleicht auch nicht. Vielleicht drängt sich ihm dieser Gedanke nur auf, weil er innerhalb der letzten zwei Tage gleich drei Ausreißern begegnet ist.

Am liebsten würde er Jakob direkt fragen, ob seine Eltern wissen, dass er nach Wien unterwegs ist. Doch das würde an der Situation nichts ändern und eigentlich geht es ihn nichts an. Der Junge ist zwar erst achtzehn Jahre alt, doch immerhin volljährig und keine hilflose

Person. Deshalb überlegt er, wie er das Gespräch auf die Musik zurückbringen kann.

Seiner Meinung nach gibt es in einem Orchester keine Gitarren, denn er erinnert sich nur an Streich- und Blasinstrumente. Einmal hörte er von einem japanischen Gitarrenorchester, das außer Gitarren keine anderen Instrumente hatte. Doch solche Musik schwebt Jakob vermutlich nicht vor.

„Kannst du mit deiner Gitarre in einem Orchester mitspielen?"

Jakob lacht. „Nein, mit diesem billigen Ding kann ich keinen Staat machen. Ich habe mir Geld für eine geile Gibson gespart, blau sieht die aus, der absolute Hammer! Der Klang ist was anderes als die Konzertgitarre, auf der ich vorhin spielte."

„Wo hast du die?"

„Die ist noch im Laden. Ich kann mit der nicht rumziehen, habe sowieso keinen Verstärker."

Torsten nickt. „Und was genau suchst du in Wien?"

„Eine geile Band, die Alpenrock macht."

„Alpenrock? Also Rockmusik, die von Leuten aus den Alpen gespielt wird."

Wieder lacht Jakob. Er hat ein ansteckendes Lachen, in das Torsten sofort einstimmt.

„Ich rede von Rockmusik, vermischt mit

traditioneller Volksmusik."

„Hard Rock mit Volksmusik vermischt? Das kann ich mir nicht vorstellen."

„Genial geil klingt das! Wie Hubert von Goisern oder der Haindling."

Torsten zuckt mit der Schulter. Ihm sagen diese Namen nichts. Sofort drückt Jakob einige Tasten auf seinem Handy und spielt einen typischen Goisern-Titel, wobei er die Melodie leise mitsingt und mit der Hand den Rhythmus auf den Tisch klopft.

„Der Mann hat sogar viele Filmmusiken gemacht. Der ist voll gut."

Diese recht ungewöhnliche Musik gefällt auch Torsten, doch er wippt nicht so begeistert mit den Füßen dazu wie Jakob. Von Gefühlsausbrüchen hält er ohnehin nichts. Seiner Meinung nach muss man sich immer beherrschen können.

„Ich würde gern ein paar Titel anspielen, doch nur mit Gitarre wirkt das nicht. Dazu braucht es die Trompete, die Steirische Harmonika und überhaupt. Der Hubert hat übrigens auch mit Gitarre angefangen."

Torsten zeigt sich beeindruckt.

„Ich muss!"

Jakob greift nach seiner Gitarre.

„Viel Erfolg!", wünscht Torsten.

Jakob dreht sich noch einmal um. „Danke. Ich

verstehe unter Erfolg nicht das Geld, sondern etwas, worüber man sich über alle Maßen freut."

Er geht nach vorn, setzt sich auf seinen Stuhl neben den Flügel und zupft zwei weitere Lieder von Bach.

Torsten winkt Jakob kurz zu und zieht sich in sein Zimmer zurück. Lange kann er nicht einschlafen, weil ihm der Junge und die vielen ungewöhnlichen Begegnungen der letzten zwei Tage durch den Kopf schwirren. So etwas kennt er gar nicht, weil er meist sofort einschläft, sobald er im Bett liegt. Das Bett ist zum Schlafen da und nicht zum Nachdenken.

Gedanken an seine Mädels verbietet er sich, obwohl er sie jetzt schon schmerzhaft vermisst. Am liebsten würde er sie anrufen. Doch das geht nicht. Er hat sich entschieden, sie zu verlassen und sie in diesem Leben nicht wiederzusehen. Er wird seine Meinung nicht ändern.

*****

Am nächsten Morgen sitzt er am Frühstücks-tisch und überlegt, ob er noch einen Tag in Bad Ischl bleiben soll oder sofort weiterfährt. Er muss nirgendwohin, nirgendwo sein, ihn erwartet nichts und niemand. Er ist frei. Frei von jeder Verpflichtung. Doch für eine weitere Nacht im Hotel fehlt ihm das Geld. Seine Kreditkarte liegt daheim im Schubfach. Er wollte es so. Nun ärgert er sich darüber. Zur Not könnte er die Bankkarte benutzen, doch das will er nicht. Noch nicht. Außerdem ist er nicht in Not.

Deshalb entschließt er sich, einfach der Nase bzw. Straße nachzufahren.

Vor dem Hotel schaut er sich nach allen Seiten um.

„Suchen Sie wen?", fragt ein älterer Herr und lüftet dabei seinen Hut.

Torsten schüttelt seinen Kopf und amüsiert sich im Stillen über das vornehme Gehabe des Mannes.

„Haben Sie sich die Kalß Krippe angesehen?"

„Die was?"

Der Mann tritt näher, offenbar erfreut über die Nachfrage, die er gern beantwortet.

„Mittendorfer. Christian Mittendorfer."

Er hebt wiederholt seinen Hut ein Stück an und nickt leicht mit dem Kopf.

„Leitner. Angenehm."

„Leitner. Der Name ist recht häufig hier."

Torsten nickt. Er hat keine Lust, dem Mann zu sagen, dass er aus Deutschland kommt. Eigentlich hat er überhaupt keine Lust auf ein

Gespräch. Er redet nicht gern und hört auch nicht gern zu. Doch dieser Herr Mittendorfer freut sich ganz offensichtlich über einen möglichen Gesprächspartner.

„Bad Ischl ist berühmt für seine Krippen. Im Museum kann man noch zwei Wochen die Kalß Krippe anschauen und sogar einige Privatkrippen besichtigen."

Torsten überlegt, was der Mann wohl meint. Doch fragen will er nicht.

„An Lichtmess ist alles vorbei. Dann werden die Krippen wieder abgebaut bis zur nächsten Weihnacht."

Jetzt ist ihm klar, dass der Herr Christkrippen meint, wo die Geburt Christi mit diversen Figuren dargestellt wird. Von daheim kennt er das weniger, zumal er ohnehin nicht in die Kirche geht.

„Ich bin kein Kirchgänger", sagt er laut und hofft, den Mann damit loszuwerden.

Doch der alte Herr erklärt ernsthaft und mit erhobenem Zeigefinger: „Jede der vielen Religionen steht für Harmonie und Frieden."

Torsten nickt, verdreht aber genervt die Augen, denn ihm scheint eher, dass gerade die verschiedenen Religionen der Grund für Streit und sogar Völkermord sind. Aus diesem Grund sollte man sie eher meiden.

„Wenn Sie keine Krippen mögen, sollten Sie

nach Gosau fahren", wechselt der Herr das Thema.

„Gosau also", bestätigt Torsten unwillig.

Er weiß nicht, wo dieser Ort liegt und schon gar nicht, weshalb er sich diesen anschauen soll, mag aber nicht nachfragen. Das ist auch nicht nötig, denn der Mann spricht ungefragt weiter.

„Bis morgen findet noch das Gosauer Ballonfest statt. Am Sonntag reisen die meisten bereits wieder ab."

Nun horcht Torsten auf. Meint der Mann diese riesigen bunten Heißluftballons? Fliegen die etwa jetzt im Winter?

„Gosau also", wiederholt er und nickt dazu.

„Sie fahren vorn rechts und dann weiter bis Bad Goisern. Dort biegen Sie wieder rechts ab Richtung Hallstadt. Von da kommen Sie leicht nach Gosau."

„Vielen Dank, Herr ..."

Ihm fällt der Name nicht mehr ein. Also nickt er kurz und steigt in sein Auto. Bad Goisern kommt ihm bekannt vor. Er erinnert sich allerdings nicht daran, schon einmal dort gewesen zu sein. Vielleicht wurde der Ort in einer Fernseh-Dokumentation genannt.

Plötzlich fällt ihm Jakob ein, der Junge mit der Gitarre. Der schwärmte von einem Sänger, der diesen Namen trug. Zufrieden darüber, das kleine Rätsel gelöst zu haben, fährt er in die angegebene Richtung.

Er fährt durch ein breites Tal auf einer gut
ausgebauten Straße und betrachtet die
umliegenden Berge. Die Sonne scheint ihm
direkt ins Gesicht, weshalb er den Blendschutz
herunterklappt. Keine zehn Fahrminuten später
liest er das Ortsschild Bad Goisern und sieht im
gleichen Moment unzählige Ballons in der Luft,
die langsam vor und über den verschneiten
Berggipfeln schweben. Das ist ein derart
faszinierendes Bild, dass er sofort anhält und
aus dem Auto steigt.
Marie hätten jetzt laut gejubelt und Anja ihren
Fotoapparat gezückt. Torsten überlegt, ob er
mit seinem Handy dieses unglaubliche und
sicher einmalige Bild festhalten soll. Doch er
lässt es bleiben. Wozu sollte das gut sein, denn
er weiß nicht, wem solch ein Foto nützen
könnte.
Der Himmel ist vollkommen wolkenlos und
leuchtet hellblau, direkt über ihm geht es ins
Dunkelblaue über. Er beobachtet einen rot-
orange-gelb gestreiften Ballon, der sich vom
weißen Schnee besonders gut abhebt. Weiter
oben schwebt ein pinkfarbener, einer ist gelb-
schwarz, ein anderer blau. Es gibt alle Farben
und Farbkombinationen, eine schöner als die
andere. Er zählt siebzehn Ballons, von denen

einige wie bewegungslos in der Luft stehen, andere schnell vorüberfliegen. Torsten weiß, dass Ballons angeblich fahren, doch für ihn fliegen sie.

Mindestens eine halbe Stunde lang bleibt er stehen und betrachtet fassungslos und gleichzeitig begeistert das faszinierende Schauspiel am Himmel. Dann steigt er ins Auto und fährt weiter.

Zu spät bemerkt er, dass er das Abbiegen in Bad Goisern verpasst hat. Wenden mag er nicht. Er hat die Ballons gesehen und kommt genauso gut auf dieser wie auf jeder anderen Straße vorwärts.

Unvermittelt steigt sie an. Wenige Minuten später liest er *Pötschenhöhe* auf knapp tausend Meter Meereshöhe und die Information, dass er jetzt in der Steiermark ist. Jakob erwähnte dieses Bundesland. Auf jeden Fall ist er Richtung Süden gefahren, was er leicht an Sonne und Schatten erkennt.

Kurz darauf sieht Torsten ein Schild *Imbisshütte Dachsteinblick* und davor einen großen Parkplatz, wo er sein Auto abstellt. Er schaut auf die kleine Holzhütte, doch direkt dahinter thronen zwei gewaltig hohe Berge, dazwischen ein riesiges Felsmassiv mit noch mehr Schnee als ringsum. Das sieht direkt majestätisch aus und muss wohl der Dachstein sein.

Im gemütlichen Gastraum ist kaum noch ein freier Platz zu finden, was ihn vermuten lässt, dass das Essen gut schmeckt. Es gibt einheimische Spezialitäten wie hausgemachten Speck und Mehlspeisen.

„Was bitte ist Krainer?", erkundigt er sich.

„Eine grobe Wurst aus Schwein, Rind und Speck. Unser Klassiker."

Torsten bestellt dieses Gericht. Die Wurst ist zwar recht fettig, doch sie schmeckt ihm ganz hervorragend gut.

Beim Weiterfahren zweigt eine sehr schmale und äußerst steile Straße nach links ins Ortszentrum ab. Dort findet er einen großen Parkplatz und nimmt sich Zeit für einen Stadtbummel. Links und rechts der belebten Straße reihen sich viele kleine Läden, in mehreren Schaufenstern sind Dirndl ausgestellt, meist in den Farben Grün, Rosa und Lila. Mitten auf den Fußwegen flatern auf verschiedenen Ständern bunte Tücher im Wind. Hier würde Anja stehenbleiben und sich kaum zwischen all den wunderschönen Seidentüchern entscheiden können.

Wieder ist Anja in seinem Kopf. Hört das denn nie auf? Verärgert wendet sich Torsten ab. Er braucht keine Tücher, keinen Hut und auch keine Tracht.

Rasch geht er zurück zum Parkplatz und steigt in sein Auto. Er fährt eine schmale und kurvige Talstraße an einem Bach entlang und sieht plötzlich das Ortsschild *Grundlsee.*

Grundlsee

Grundlsee! Welcher Zufall hat ihn ausgerechnet hierher an den Grundlsee gelockt? Oder war es gar kein Zufall? Als Kind war er schon einmal hier. Vielleicht sogar mehrfach, denn genau hier am Grundlsee wohnten seine Großeltern. Doch mehr weiß er nicht. Er ärgert sich, seine Mutter niemals energisch ausgefragt zu haben. Ihn hatte es damals einfach nicht interessiert und eigentlich heute auch nicht. Trotzdem sollte man zumindest wissen, woher man stammt, wer der Vater ist und wo die Großeltern leben. Anja wollte das damals, als sie sich kennenlernten, alles wissen und wunderte sich, dass er keine ihrer Fragen beantworten konnte.

Er stellt das Auto ab und schaut sich um. Der See ist mit einer dünnen Eisschicht bedeckt, doch am Abfluss eisfrei, Enten schwimmen darauf herum. Zu Fuß stapft er durch den Schnee eine steile Straße hinauf. Von oben hat er einen wunderbaren Blick über den großen See bis zum anderen Ufer mit einem Wald und einzelnen Häusern davor. Die Häuschen wirken wie eingekuschelt in den Schnee. Das sieht hübsch aus, doch nichts kommt ihm wirklich bekannt vor, nur das Wasser. Unwillkürlich muss er lächeln, denn Wasser sieht wohl überall gleich aus.

Langsam geht er oben auf dem Hang einen vom Schnee geräumten Weg entlang, der schließlich an Häusern vorbei wieder hinunter auf die Straße führt. Direkt am See entlang verläuft ein schöner Fußweg zurück zum Parkplatz, wo sein Auto steht.

Etwas unsicher fährt er auf dieser Straße weiter und hat dabei immer einen Blick auf den See. Ihn überkommt ein seltsames Gefühl, das er sich nicht erklären kann - irgendwie behaglich und gleichzeitig euphorisch.

Nach wenigen Kilometern fährt er durch den kleinen Ort Gößl und plötzlich weiß er, wo das Haus seiner Großeltern steht.

Von der schmalen Straße führt ein noch schmalerer Seitenweg den Hang hinauf, auf dem einige Meter weiter oben ein dunkelblauer Kastenwagen steht. Der Weg ist vom Schnee geräumt, doch die Reifen rutschen, obwohl es Winterreifen sind. Hier braucht er vermutlich

Schneeketten.

Torsten parkt das Auto am Straßenrand, steigt aus und schaut gespannt nach oben.

Direkt am Waldrand, oberhalb des blauen Autos, sieht er ein wunderschönes altes Haus. Er erkennt das Haus seiner Großeltern sofort, obwohl er sich nur sehr ungenau an nur einen einzigen Besuch erinnern kann.

Damals muss er noch ziemlich klein gewesen sein, auf jeden Fall lange vor seinem Schulanfang. Es war Sommer und er lief mit anderen Kindern kreischend den langen Hang hinunter zum See. Hier hat er das Schwimmen gelernt, weil die Ufer steil sind und man schnell den Grund unter den Füßen verliert.

*****

Versonnen schaut er hinunter aufs Wasser und dann wieder hinauf zum Haus. Es ist ein kleines Haus mit einem spitzen Giebel und einem Holzvorbau über beide Stockwerke wie er hier in der Gegend so typisch ist. Das Holz sieht gepflegt aus. Ob die Großeltern noch leben? Torsten lächelt, denn in diesem Fall müssten sie wohl an die hundert Jahre alt sein.

Er war noch nie im Winter hier. Der Vater erzählte oft vom Schlittschuhlaufen auf dem

See und von mannshohem Schnee. Mannshoch liegt der Schnee nicht, doch einen halben Meter schon. Langsam steigt er von einem kleinen Parkplatz aus den geräumten Weg hinauf, der zum Teil aus Treppen besteht.

Vor der Tür stellt er seine Reisetasche ab und sucht nach der Klingel. Als er keine findet, klopft er, zuerst zaghaft, dann lauter.

„Hereinspaziert! Die Tür ist offen", hört er eine kräftige Männerstimme.

Im Vorzimmer führt eine steile Treppe hinauf ins Obergeschoss, wo damals die Schlafstuben waren. Auf der Treppe stehen hohe Filzstiefel. An der Garderobe hängt eine dicke Wattejacke und daneben ein Filzhut. So einen trug der Opa immer.

Es riecht stark nach Tabak. Früher hat Torsten ebenfalls geraucht, es gehörte einfach dazu. Er überlegt, wann er damit aufhörte. Vermutlich nach Sofies Geburt. Doch er erinnert sich, dass er damals zum Rauchen vors Haus ging. Damals wohnten sie noch in der kleinen Mietwohnung unterm Dach. Das Rauchen war für ihn keine Sucht. Er hat es einfach geliebt, sich eine Zigarette anzuzünden und den ersten Zug bewusst zu genießen. Ganz langsam.

Ein lautes Räuspern holt Torsten aus seinen Gedanken.

Die Tür zur großen Wohnküche ist nur angelehnt. Sie knarrt laut, als er sie aufstößt. Den gesamten Erker füllt eine Bank und ein großer sechseckiger Tisch aus. Zwei Stühle sind zur Seite geschoben und auf einem hohen Hocker dazwischen sitzt ein Mann halb mit dem Rücken zur Tür. Das Sonnenlicht fällt direkt auf die Hände des Mannes, die ein gebogenes Metallteil halten, und auf ein großes Holzstück.

„Guten Tag", grüßt Torsten.

„Grüß Gott", brummt der Alte, schaut aber nur kurz von seiner Arbeit auf.

Der Mann wirkt auf Torsten nicht älter als siebzig Jahre, kann also unmöglich sein Großvater sein.

„Ich habe dich kommen sehen", sagt der Mann und zeigt auf das Fenster, von dem man die Straße und den steilen Weg hinauf zum Haus einsehen kann. „Was willst du?"

„Nichts. Nichts will ich, nur schauen."

Der Mann brummt etwas, was Torsten nicht versteht. Er will sich schon abwenden und gehen, doch dann sagt er: „Meine Großeltern wohnten hier."

„Deine Großeltern?"

Der Mann legt wortlos sein Werkzeug aus der Hand und geht zur Küchenzeile. Dort nimmt er ebenso wortlos zwei Gläser vom Spülbecken und gießt aus einer Flasche ohne Etikett ein. Er greift zu einem der gefüllten Gläser und zeigt auf das zweite.

„Auf dein Wohl!", sagt er und kippt die Flüssigkeit komplett in den Mund. „Zirbe."

Torsten wundert sich über diese recht seltsame Begrüßung. Doch er er vermutet, dass dies hier in der Gegend Brauch ist. Also tut er es dem Mann nach und trinkt sein Glas mit einem Zug aus. Und schüttelt sich. Ihm schmeckt das Zeug nicht. Es ist scharf und hat ein unangenehm starkes Aroma.

„Was ist das?"

„Zirbe. Kieferzapfen." Dann zeigt der Mann auf die Bank und sagt: „Setz dich!"

Wieder wundert sich Torsten. Die Worte klangen nicht unfreundlich und doch kommt ihm die Aufforderung wie ein Befehl vor, dem er sich seltsamerweise nicht entziehen kann. Der Mann strahlt eine selbstverständliche Ruhe aus und ist ihm irgendwie sympathisch.

Torsten schiebt ein Kissen zur Seite, doch er setzt sich nicht auf die Bank, sondern auf einen der Stühle.

„Deine Großeltern sind gestorben, vor langer Zeit schon."

Der Mann zeigt auf ein Foto an der Wand, auf dem ein älteres Paar in Tracht auf einer Bank sitzt, im Hintergrund der See. Neben ihnen steht ein junger Mann, der Torsten irgendwie bekannt vorkommt.

Er nickt und sagt: „Das dachte ich mir. Sie wären heute wohl hundert Jahre alt."

Prüfend betrachtet er den Mann und überlegt, ob es wohl unhöflich ist, sich näher nach dem Tod der Großeltern zu erkundigen. Er verwirft den Gedanken und sucht nach einer Frage für ein Gespräch, um noch ein wenig hier sitzenbleiben zu können. Aus irgendeinem Grund fühlt er sich wohl auf dieser Bank und auch in der Gesellschaft dieses wortkargen Mannes.

Plötzlich sagt dieser: „Deine Großeltern sind meine Eltern."

Überrascht schaut Torsten auf, begreift aber nicht.

Nach einer Weile ergänzt er: „Ich bin dein Vater."

Torsten ist klar, dass er damit rechnen musste, seinen Vater hier anzutreffen. Und doch ist er im Moment vollkommen überrascht und überwältigt. Er versteht nicht, weshalb ihm nicht gleich der Gedanke kam, dass dieser Mann sein Vater sein könnte. Soll er den Mann jetzt umarmen, weil er sein Vater ist? Doch eigentlich ist er ein völlig Fremder. Noch dazu einer, der seine Familie in der Not im Stich ließ. Das zeugt von keinem guten Charakter.

Torsten spürt einen dicken Kloß im Hals und

ihm schießen Tränen in die Augen. Doch er weiß nicht, ob es Tränen des Zorns oder der Rührung sind. Er steht auf und geht näher an das Foto heran. Nun erkennt er seine Großeltern und auch das Bild seines Vaters taucht in seiner Erinnerung wieder auf. Vor allem an seine auffallend großen Hände erinnert er sich plötzlich.

Er dreht sich um und mustert die Hände seines Vaters, der seine Arbeit so selbstverständlich wieder aufgenommen hat, als käme Torsten öfter mal vorbei.

„Setz dich her!", bestimmt er ruhig.

Torsten gehorcht, bringt aber kein Wort über die Lippen. Noch bemerkenswerter als die großen Hände des Vaters sind seine Augen. Sie haben die seltsame Farbe von Bernstein und betrachten aufmerksam und gleichzeitig direkt liebevoll das Holzstück, an dem er arbeitet. Torsten überlegt, ob er Vater zu seinem Vater sagen soll, obwohl er nie ein Vater für ihn war. Vielleicht, als Torsten noch sehr klein war, doch daran erinnert er sich nicht.

„Kannst Wolf sagen", hilft ihm der Vater aus der Verlegenheit, als hätte er Torstens Gedanken gespürt.

„Wolf?"

„Wolf von Wolfgang. Wolfgang ist mein Name und außerdem ist er der Patron der Zimmerleute, Holzarbeiter und Schnitzer."

Dabei zeigt er auf seine Arbeit.

„Was machst du da?", will Torsten wissen.

Wolf reicht ihm das Holzstück. Es ist etwa einen halben Meter hoch und zeigt einen Wanderer. Das jungenhafte Gesicht und der Rucksack sind schon deutlich zu erkennen.

„Und was wird das?"

Torsten zeigt auf ein Holzstück, das von den Wanderschuhen absteht.

Wolf lacht. „Das wird ein Hund."

Nun lacht auch Torsten. Es ist ein befreiendes Lachen.

„Du bist also Holzschnitzer. Das wusste ich nicht."

Nach einer längeren Pause ergänzt er: „Ich weiß eigentlich gar nichts über dich."

„Wir reden morgen", bestimmt Wolf.

Er räumt seine Arbeit und das Werkzeug beiseite, trägt das Tuch nach draußen und schüttelt die Späne aus. Dann stellt er Brot, Schinken, Käse und Wein auf den Tisch.

„Bretter und Besteck sind in der Lade dort."

Wolf zeigt auf eine Tür im Küchenschrank.

„Gläser da." Er weist auf eine andere Tür.

Beim Essen reden sie nicht viel. Beide Männer hängen jeder für sich ihren Gedanken nach.

Wolf gießt einen weiteren Schnaps ein.

„Auf deinen Geburtstag! Vierzig wird man nicht alle Tage."

Überrascht schaut Torsten seinen Vater an.

„Du weißt?"

Dass der Vater seinen Geburtstag kennt, bedeutet, dass er ihn nie vergessen hat. Zufrieden hebt er sein Glas und prostet Wolf zu.

„Wie lange kannst du bleiben?"

Er möchte seinen Sohn am liebsten hier im Haus behalten. Einen Helfer, vor allem bei der Arbeit im Wald, kann er gut gebrauchen. Doch er vermutet, dass das nicht gehen wird. Der Sohn wird Pläne haben und schnell wieder verschwinden.

Torsten zuckt mit der Schulter.

„Ich habe Zeit, doch ich bleibe nicht lange".

„Mir recht. Bleib nur so lange du willst." Dann hebt auch er sein Glas und sagt lachend: „Habe mich schon gefragt, wie lange es dauern wird, bis du hier aufkreuzt."

Prüfend betrachtet Torsten den Mann, der sein Vater ist. Er ist alt. Siebzig vielleicht. So genau weiß er das nicht. Seltsam ist, dass er ihn sich nicht jung vorstellen kann, obwohl er soeben das alte Foto gesehen hat, auf dem er jung war. Torsten hat keine Erinnerung an seinen Vater, weder an sein Gesicht noch an seinen Körper, auch nicht an ein Erlebnis. Er erinnert sich allein an seine heftige Sehnsucht, als er den Vater nach dessen Verschwinden schmerzlich vermisste. Und sofort keimt der alte Hass wieder in ihm auf und er fragt sich, was zum Teufel er hier macht, warum er diesem Mann, der seine Familie verließ, nachläuft.

Morgen wird er weiterziehen. Oder übermorgen. Immerhin ist ihm der Vater eine Erklärung für sein Verschwinden schuldig. Die wird er noch abwarten und ihm dann deutlich seine Meinung sage, was er von Vätern, die ihre Familie verlassen, hält.

Der Vater weist mit der Hand auf einen großen Schrank.

„Darin findest du Decken für die Nacht. Die Kammer ist oben rechts, gleich neben der Toilette."

Torsten will vor dem Zubettgehen noch einmal lüften, doch auf dem Dachfenster liegt eine dichte Schneedecke, die wohl beim Öffnen auf den Boden fallen würde. Er steigt ins Bett und schläft sofort ein.

Plötzlich gibt es einen dumpfen Schlag und Torsten hört die Dachbalken gefährlich knacken. Und schließlich mit einem ohrenbetäubenden Lärm bersten. Sein Bett neigt sich schräg und wird in die Zimmerecke gedrückt. Ihm ist sofort bewusst, dass wohl eine Lawine das Haus unter sich begraben hat. Der Boden wackelt und gibt krachend nach, das Bett stürzt hinunter ins Erdgeschoss und schließlich in den Keller. Es ist dunkel, stockdunkel, komplett schwarz um ihn herum. Panisch tastet er sein Umfeld ab und stößt an Balken, während Putz, vermischt mit Schnee auf seinen Körper rieselt. Doch er hat Platz zum Liegen, kann die Beine ausstrecken und Luft holen. Im Bauchbereich spürt er starke Schmerzen. Vorsichtig tastet er seinen Körper ab, kann aber keine Verletzung feststellen. Er fühlt sich trotzdem wie eingeschnürt und weiß plötzlich, dass er sterben muss. Doch so wollte er nicht sterben, nicht ersticken unter einer dicken Schneelawine. Wie lange er wohl noch Luft bekommt in seiner engen Höhle? Und was ist mit seinem Vater? Wieder überfällt ihn Panik und er schreit: „Hilfe! Wolf! Wolf! Hörst du mich?"

„Was hast du?"

Torsten erkennt Wolfs Stimme und weint vor Glück. Seinem Vater ist nichts geschehen. Er lebt.

Es wird hell. Das Licht einer Lampe blendet ihn. Er ist gerettet und schaut in Wolfs besorgtes Gesicht.

„Du lebst?"

„Natürlich lebe ich. Was ist mit dir?"

Torsten schaut sich um. Alles sieht aus wie

gestern Abend. Das Bett steht an der Wand, neben ihm der Nachttisch mit der Lampe, auf der anderen Seite der Kleiderschrank. Das gesamte Zimmer ist unversehrt.

„Du hast geträumt, Junge. Es ist alles in Ordnung."

Völlig verwirrt betrachtet Torsten seinen Vater und schüttelt immer wieder seinen Kopf.

„Ich träumte nur?"

Wolf nickt.

„Ich träumte von einer Lawine. Wir waren verschüttet und ich glaubte zu sterben."

„Ein böser Albtraum, mein Sohn. Willst du noch einen Schnaps zur Beruhigung?"

„Nein. Doch ich muss duschen. Ich bin völlig verschwitzt."

„Ich hole dir noch ein Glas Wasser. Schlaf gut!", hört er den Vater rufen.

*****

Über Nacht hat es weiter geschneit. Torsten betrachtet den Schnee, der in der Sonne wunderschön glitzert. Das hat ihn schon als Kind fasziniert und tut es immer noch.

„Ich liebe den Schnee", sagt Wolf. „Doch im Schnee können wir nicht gehen."

„Nicht?"

„Zum See schon, doch nicht auf den Berg. Wir

müssen hier reden."

Nach einer Pause ergänzt er: „Ich mag das nicht. Ich brauche frische Luft dazu."

Langsam breitet er eine Decke auf dem Tisch im Erker aus, holt sein Holzstück und das Werkzeug und beginnt, konzentriert am Wanderer zu schnitzen.

Torsten schaut aus dem Fenster hinunter zum See, der das Blau des Himmels widerspiegelt. Es ist keine einzige Wolke zu sehen und alles wirkt ruhig und friedlich.

Plötzlich hüpft ein kleiner bunter Vogel auf einen Zweig direkt vor dem Fenster. Fasziniert beobachtet Torsten das winzige Tier. So etwas hat er noch nie gesehen. Um den Schnabel ist es grellrot, ein leuchtend weißer Kragen wird von einem schwarzen Schal umrahmt, der Bauch ist hell, der Schwanz dunkelblau mit weißen Tupfen. Als sich ein zweiter Vogel dazugesellt, zeigen sich strahlend gelbe Flügel.

Stumm zeigt Torsten aus dem Fenster.

„Was ist das? Junge Buntspechte?"

„Stieglitze."

Von Stieglitzen hat Torsten noch nie zuvor gehört. Er ist kein Vogelkundler und beschäftigt sich nicht mit Naturdingen.

„Eine Finkenart, die kleinste und schönste." Wolf lächelt versonnen. „Sie fliegen nicht fort im Winter, sie bleiben."

126

Wolf lächelt. Für ihn sind Stieglitze ganz besondere Vögel. Nicht, weil sie so bunt und schön sind. Sie erinnern ihn seltsamerweise an seinen verstorbenen Sohn Tim, der gern bunte Vögel malte und ein fröhlich munteres Kind war. Manchmal, wenn Wolf sich einem Stieglitz nähert, der fröhlich zwitschernd sitzenbleibt und nicht fortfliegt, glaubt er, in diesem Tier sei Tim verborgen. Er weiß, dass das Unsinn ist, doch ihm gefällt dieser Gedanke trotzdem.

Als die beiden Vögel davonfliegen, wendet sich Torsten seinem Vater zu und sagt: „Du lebst überhaupt in einer schönen Gegend."

Wolf nickt, ohne von seiner Arbeit aufzuschauen.

„Hier am Grundlsee hat mein Leben neu begonnen, wofür ich sehr dankbar bin."

Für Torsten klingt das Wort dankbar zu hochtrabend, fast schwülstig. So, als wäre es ein höheres Geschenk, das er sich nicht selbst erarbeitet hat. Er überlegt, ob der Vater kirchlich ist. Doch eigentlich interessiert ihn dieses Thema nicht. Er hat nie an einen Gott geglaubt, der über Leben und Tod der Menschen entscheidet. Naturvölker, Menschen, die in den Bergen leben, fühlen sich bei Gewitter und schweren Fluten einer Macht ausgeliefert, die alles zerstören kann. Deshalb beten sie zu den Göttern. Menschen in einer

Stadt, die wie er geschützt in ihren Häusern leben und Annehmlichkeiten wie Strom, Wasser, Lebensmittel aller Art bei Bedarf genießen, glauben nicht an Götter. Sie kennen die Urängste nicht.

„Als junger Bursche wollte ich damals nur weg, wollte nach Deutschland, das Leben genießen und nicht hier am Rande der Welt, in dieser Sackgasse, versauern." Er legt sein Schnitzmesser beiseite. „Heute weiß ich, dass das Ausseer Land ein wahrhaft magischer Ort ist."

Schon wieder solch ein Pathos, das Torsten fast schon lächerlich findet. Es ist schön hier, doch magisch scheint ihm direkt weltfremd.

Der Vater spricht weiter und lächelt dabei. „Ich kann mir mein Leben nirgendwo anders mehr vorstellen und bin einfach nur glücklich, hier sein zu dürfen."

Dieser Wolf ist hier also glücklich geworden, nachdem er seinen Sohn und seine Familie verlassen und unglücklich gemacht hat. Das bringt Torsten sofort in Wut.

„Du warst plötzlich verschwunden. Weißt du, dass ich dich dafür gehasst habe?", braust er auf.

Wolf nickt. Das hat er befürchtet.

„Warum hast du dich nie gemeldet?"

„Hat deine Mutter das gesagt?"

Torsten nickt, obwohl das nicht ganz stimmt.

Denn die Mutter hat den Vater nur erwähnt, wenn sie über den Tod ihres Sohnes sprach. Und das tat sie oft.

„Ich habe Briefe geschrieben, viele Briefe, doch alle kamen ungeöffnet zurück."

Torsten zuckt mit der Schulter und weiß nicht, ob er diese Worte glauben soll.

„Du hättest selbst kommen können. Kommen müssen!"

„Das habe ich getan. Kurz vor Weihnachten stand ich vor eurer Tür, doch es stand ein anderer Name am Klingelschild. Ihr wart weg und keiner der Nachbarn konnte mir sagen, wohin."

Jetzt fällt es Torsten wieder ein. Sie sind sofort, nachdem der Vater verschwunden war, in eine andere Stadt gezogen. Doch es gibt Meldeämter, wo man nachfragen und Auskunft bekommen kann.

„Mutter sagte damals, dass sie es nicht ertrage, Plätze zu sehen, wo sie mit dir und meinem verstorbenen Bruder gewesen ist."

„Verstehe." Wolf wischt mit seiner großen Hand über sein Gesicht.

„Warum bist du weggegangen? Ich verstehe das nicht."

„Es war ein Fehler. Heute weiß ich das." Wieder wischt er über sein Gesicht. „Aber ich habe es damals einfach nicht mehr ausgehalten."

„Was hast du nicht mehr ausgehalten?"

„Du weißt, wie der Unfall passierte?"

Torsten nickt.

„Dieses Bild, wie Tim lachend und mit ausgebreiteten Armen auf mich zuläuft, sehe ich auch heute noch vor mir. Wieder und wieder."

Wolf spricht nicht weiter. Er denkt daran, wie oft er nach all den Jahren mitten in der Nacht wach wird und rufen möchte, Tim solle stehen bleiben. Doch aus seinem weit aufgerissenen Mund kommt kein Ton heraus. Dann der dumpfe Schlag, als das Auto den Jungen erwischt und er am Boden liegt. Er liegt einfach so da. Bewegungslos.

„Nicht mehr jede Nacht und auch nicht mehr am Tag – aber noch immer oft."

Wieder nickt Torsten. Er fühlt den Schmerz eines Vaters, der seinen Sohn sterben sieht. Seit er selbst Kinder hat, ist er zu solch einem Mitgefühl fähig.

„So verrückt das klingen mag: Eines Tages werde ich Tim wiedersehen."

Nun schüttelt Torsten den Kopf. Für ihn sind das Spinnereien eines alten Mannes. Er ist sich sicher, dass es kein Leben nach dem Tod gibt. Man verfault in einem Sarg, wird von Würmern zerfressen oder als Asche vergraben. Das heißt, man taugt nicht einmal als Dünger für die Pflanzen, bevor auch diese absterben und zu

Mist werden.

Nachts, wenn Wolf nicht schlafen konnte, las er Bücher über das Sterben und den Tod, obwohl er wusste, dass dieses Lesen nichts ändert. In manchen stand, Tim sei nicht wirklich tot und er versuchte, sich das vorzustellen und sich damit zu trösten. Doch es gelang ihm nicht. Er hatte schließlich gesehen, wie der kleine Körper im Sarg lag und tief in der Erde vergraben wurde. In anderen Büchern stand, Gott habe andere Pläne mit ihm. Das brachte ihn in Wut. Er hatte auch Pläne mit seinem Sohn. Zählten die nicht? Warum sollte es einen Gott geben, der kleine Kinder tötet? Und wozu? Nur, damit er eine läppische Lehre daraus zieht?
Es ist wie ein Loch, das immer bleiben wird, weil es nichts und niemand füllen kann.
Seit Tims Tod ist Wolf ein anderer Mensch, anfangs selbst wie ein Kind: hilflos und unsicher in allen Dingen. Später gefestigt und in dem sicheren Glauben, dass ihn nichts mehr erschüttern kann. Das Leben ist wie es ist und rückwärts nicht mehr zu ändern.

„Ich warf ihr vor, dass sie deinen Bruder nicht festgehalten hatte. Ich habe ihr die Schuld gegeben, verstehst du? Deshalb hat sie nie wieder mit mir gesprochen."

„Nie wieder?"

Wolf schüttelt den Kopf.

„Kein einziges Wort."

Fassungslos schaut Torsten seinen Vater an. Das hat er nicht gewusst und er fragt sich, weshalb ihm das damals nicht aufgefallen ist.

„Weißt du, kein Schmerz ist größer als der, über den man nicht spricht."

Über diesen Satz denkt Torsten nach, doch nicht lange. Denn ihn quält ein eigener Schmerz, über den er nicht sprechen kann.

„Sprich weiter!", bittet er, um seine eigenen Gedanken nicht mehr denken zu müssen.

„Sie weinte auch nicht. Das nahm ich ihr übel. Ich hätte sie gern getröstet, doch sie wandte sich immer ab, wenn ich sie in den Arm nehmen wollte. Dabei war ich selbst untröstlich und hätte ihre Zuwendung gebraucht, ihre Liebe."

Torsten nickt. Er versteht seinen Vater, zumal er sich selbst immer nach der Liebe seiner Mutter sehnte. Und immer vergeblich. Sie schenkte ihm weder ein Lächeln noch eine Umarmung oder gar einen Kuss. Nicht einmal zur Nacht.

Wolf erinnert sich an diese schlimme Zeit nicht gern. Meist schiebt er die Gedanken sofort weit von sich, wenn sie ihn unvermittelt überfallen. Er konnte nach Tims Tod nicht mehr arbeiten.

Es war ihm unmöglich, sich zu konzentrieren. Überhaupt schien ihm die Arbeit völlig sinnlos. Er saß nur reglos am Schreibtisch und starrte aus dem Fenster.

Während er selbst glaubte, an seinem Kummer zu zerbrechen, verstand er nicht, warum ringsum das normale Leben weiterging. Die Leute essen weiter zu Mittag, putzen ihre Fenster oder gehen einfach ihrer Wege und freuen sich über nichtige Dinge. Für alle war es das Unglück eines Anderen.

Wenn er heute ein Kind schreien hört, schaut er sich nach wie vor um, ob das Kind Hilfe braucht. Dann ist sofort die Angst wieder da, dass etwas ganz Schreckliches passieren könnte. Dabei hat Tim gar nicht geschrien.

„Irgendwann habe ich es nicht mehr ausgehalten, neben einer Frau ohne Worte zu leben. Das war kein Leben mehr. Deshalb bin ich gegangen."

Viele Wochen hatte er dieses Weggehen in Gedanken gespielt, doch er brachte es nicht fertig. Damals glaubte er, er brauche einen Ort, wo er hingehen kann, um seinem verstorbenen Sohn nahe zu sein, mit ihm zu sprechen. Doch das brauchte er nicht, denn Tim war überall und nirgends. Er konnte gar nicht an einem bestimmten Ort sein. Er war in seinen

Gedanken, wo immer er sich aufhielt. Also konnte er getrost gehen.

Wieder nickt Torsten. „Ohne Abschied – ich weiß."

„Was hätte ich sagen sollen?" Unsicher schaut Wolf seinen Sohn an. „Ich fühlte mich leer. Vollkommen leer. So leer, dass ich eigentlich gar nichts mehr fühlen konnte. So klein mein kleiner Sohn auch war, so riesengroß und gewaltig war das Loch, in das ich nach seinem Tod fiel."

Wolf denkt zurück an die für ihn unerträgliche Zeit, nachdem sein Sohn Tim gestorben war. Er hätte nichts dagegen gehabt, ebenfalls zu sterben. Er fühlte sich wie gelähmt und so, als habe er alles verloren. Wozu also weiterleben? Er sah keinen Sinn darin. Doch er war zu feige, seinem Leben ein Ende zu setzen.

Torsten sieht ihm den Schmerz deutlich an. Auch er könnte es nicht verkraften, wenn einem seiner Mädels etwas passiert. Und doch quält ihn, dass auch der Vater genau wie damals die Mutter nur von der eigenen Trauer spricht.

Wütend und gleichzeitig bitter enttäuscht wirft er dem Vater vor: „Ihr habt mich vergessen. Du und auch Mutter. Um mich habt ihr euch nicht gekümmert, als wäre ich überhaupt nicht da."

Torsten erinnert sich daran, wie hilflos und

unsichtbar er sich damals fühlte. Doch er erinnert sich nicht an seinen Bruder. Tim hat für ihn kein Gesicht und schon gar keine Stimme.

„Es tut mir leid. Heute tut es mir leid, das musst du mir glauben." Wolf legt Torsten die Hand auf die Schulter. „Damals war ich mit mir und meinem Kummer beschäftigt, da hatte in meinem kranken Hirn nichts anderes Platz."

Sein Hirn war damals tatsächlich krank. Nur, wenn man seinen Verstand verliert, empfindet man das Leid nicht. Ausgerechnet den Verstand, der ihm immer wichtiger war als sentimentale Gefühle. Auf seinen Verstand konnte er sich bisher immer verlassen. Doch Tims Tod und der Verlust seiner Familie hat ihn verändert, sehr sogar. Er liebt seitdem die Stille, die Natur, das Alleinsein.

Wolf greift wieder zum Schnitzmesser. Torsten schaut ihm zu, wie er die Stiefel des Wanderers fein herausarbeitet. Er denkt über die Worte seines Vaters nach, darüber, dass der aus Trauer über den verstorbenen Sohn ihn, den lebenden Sohn, vergaß. Wie kann man sein Kind vergessen? Oder es verlassen? Noch dazu ohne Erklärung und ganz ohne Abschied.

Doch mit einem Mal ist Torsten klar, dass er überhaupt kein Recht hat, seinen Vater zu verurteilen, weil er selbst ganz genauso handelte. Er verließ Anja und die Mädchen ohne Abschied und ohne Erklärung. Nur hat er eben ganz andere Motive und vor allem hat er seine Familie nicht in Not und Trauer zurückgelassen. Und vor allem im Gegensatz zu seinem Vater finanziell gut versorgt.

Erleichtert seufzt er, denn genau das ist der gravierende Unterschied. Er hat für seine Familie gesorgt, das Haus ist abbezahlt, bei der Bank liegen Wertpapiere für eine finanziell gesicherte Zukunft, es gibt Sparkonten für die Mädchen, damit sie ohne Not studieren können.

„Du hast Mutter und mich ohne Geld sitzengelassen!", sagt er vorwurfsvoll.

„Hat sie das gesagt?"

Torsten nickt. „Stimmt das etwa nicht?"

Der Vater schüttelt den Kopf. „Viel war es nicht. Doch die Miete hatte ich für ein halbes Jahr im voraus bezahlt und das Sparbuch auf Mutters Namen umschreiben lassen."

„Das wusste ich nicht."

So langsam ändert sich das Bild, das Torsten von seinem Vater hatte. Er empfindet ihn nicht mehr als durchweg egoistisch und kaltherzig, sondern kann ihn stellenweise sogar verstehen.

„Was hat dir deine Mutter sonst noch erzählt?"

Torsten denkt nach. Doch dann sagt er wütend: „Nichts hat sie erzählt. Gar nichts! Sie sprach immer nur von Tim. So, als gäbe es mich gar nicht. Anfangs hoffte ich, dass du eines Tages kommst und mich rettest. Doch du bist nicht gekommen und ich habe Mutter geglaubt, dass du an allem schuld bist."

Dabei hatte keiner wirklich Schuld. Es war ein schrecklicher Unfall, den Tims Eltern nicht verwinden konnten. Sie verziehen sich gegenseitig nicht, wie machtlos sie beide dem Unglück zusehen mussten.

Wieder wischt Wolf über sein Gesicht. „Sie hat mir nie verziehen. Richtig?"

„Wie sollte sie?", fragt Torsten wütend zurück. „Verzeihen funktioniert nicht von allein. Auch wenn viel Zeit vergeht, sie heilt nicht einfach so alle Wunden. Wenn sich keiner um die Verletzung kümmert, bleiben grässliche Narben, die immer und immer wieder daran erinnern."

Erschöpft schweigt er. Alles, was er während der ersten Jahre nach dem Verschwinden seines Vaters gefühlt und gelitten hatte, ist plötzlich so gegenwärtig, als wäre es gerade erst geschehen. Dabei hatte er geglaubt, alles längst vergessen zu haben.

„Bist du Psychologe?"

„Wie kommst du darauf?", fragt Torsten überrascht.

„Du redest so geschwollen."

Torsten zuckt mit der Schulter. „Ich habe viel nachgedacht. Doch das ganze Denken bringt nichts, es ist Dreck."

Er hatte immer geglaubt, dass die Mutter ebenso wie er Tag für Tag auf ihren Mann wartete wie er auf Vaters Rückkehr. Dass sie wie er jeden Abend zur Tür schaute und hoffte, sie öffnet sich und der Vater kommt pünktlich von der Arbeit heim. Doch jetzt weiß er, dass sie ihn nicht mehr sehen wollte, seinen Anblick wohl nicht mehr ertrug. Schließlich waren sie sofort nach Vaters Verschwinden umgezogen und hatten keine Nachricht für ihn hinterlassen.

„Was machst du eigentlich? Ich meine: Womit verdienst du deine Brötchen?"

„Ich arbeite in einer Anwaltskanzlei."

Wolf runzelt die Stirn. Er mag keine Anwälte. Er hält sie für pingelige und streitbare Menschen, die so lange den Kopf schütteln, bis ein Haar in die Suppe fällt. Sie haben seiner Meinung nach kein Gewissen, denn für Geld verteidigen sie selbst den größten Schurken. So hätte er seinen Sohn nicht erzogen. Hätte. Er war nicht da, als es Zeit gewesen wäre, ihn zu einem gewissenhaften und ehrlichen Menschen zu erziehen.

„Warst du gut in der Schule?"

Torsten nickt. „Ja. Ich habe auch viel dafür

getan."

„Bist wohl recht ehrgeizig?"

Wieder nickt Torsten.

„Ich ging gern zur Schule. Dort gab es viele Freunde, viel Lärm. Daheim war es immer so still. Mutter musste arbeiten. Sie musste schließlich den Lebensunterhalt für uns beide verdienen."

Wolf nickt. „Verstehe."

Er wischt sich übers Gesicht. Ihm ist klar, dass das eine schwierige Zeit für sie war. Doch er hofft, dass sie nicht lange allein blieb und nach der Scheidung einen neuen Partner fand.

„Hat sie wieder geheiratet?"

„Nein."

Torsten wundert sich, dass er niemals auf die Idee kam, seine Mutter könnte einen anderen Mann lieb gewinnen. Für ihn war sie einfach die Mutter, ein eher geschlechtsloses Wesen, das für ihn sorgen und nicht jahrelang um den verstorbenen Bruder trauern sollte. Mit einem Mal hält er seinen damaligen Anspruch für seltsam und direkt egoistisch. Kindisch. Nun, er war ein Kind. Und als er später seine Anja kennenlernte, hat er überhaupt nicht mehr an seine Mutter gedacht. Er hat sie nicht einmal zu seiner Hochzeit eingeladen, damit sie mit ihrer ewig miesen Stimmung nicht das Fest verdirbt.

Nach einer langen Pause fragt Wolf: „Wie geht

es ihr?"

Verblüfft stammelt Torsten: „Du weißt es nicht?"

„Was?" Wolf legt sein Schnitzmesser zur Seite.

„Was weiß ich nicht?"

„Natürlich. Du kannst es nicht wissen." Torsten schluckt. „Sie ist gestorben. Schon lange. Vor zwölf Jahren."

Wolf steht auf und geht hinaus. Sofort will ihm Torsten nachgehen. Doch dann bleibt er sitzen, weil sein Vater vermutlich allein sein möchte. Er hört einen Ton, der wie ein metallisches Kratzen klingt und glaubt, Wolf habe mit einem Gegenstand gegen einen Baum oder das Haus geschlagen. Doch es war ein tierischer Laut, ein unterdrückter Schrei. Etwas, das schon Jahrzehnte in seinem Körper festsaß und jetzt herausbrach.

*****

Erst am Abend kommt Wolf wieder ins Haus. Torsten hat inzwischen die Schnitzerei beiseite geräumt und den Tisch gedeckt.

Sie essen schweigend. Beide legen dabei ihren linken Unterarm auf den Tisch und schneiden sich Wurst und Käse mit einem Messer in dicken Scheiben vom Stück, die sie sofort in den Mund stecken und dazu kräftig vom Brot abbeißen.

So hätte Torsten daheim auch gern gegessen, doch Anja bestand darauf, mit Messer und Gabel das dünn belegte Brot zu schneiden und duldete keinen Arm auf dem Tisch.

Tischmanieren hatte Torsten nie gelernt, denn schon als Kind musste er sich selbst um sein Essen kümmern, weil die Mutter nur den Einkauf erledigte und den Kühlschrank füllte – für mehr fühlte sie sich weder zuständig noch in der Lage.

„Als deine Mutter plötzlich mit dir verschwunden war, fühlte ich mich einsam und furchtbar elend", nahm Wolf das Gespräch vom Vormittag wieder auf.

Eigentlich fühlte er sich wie unter einer Glocke. Keiner schwarzen Glocke, eher eine aus Milchglas, die zwar Licht hindurch ließ, doch nichts von seinem Umfeld.

„Ich kann mir vorstellen, wie unerträglich für dich die Situation war", stimmte Torsten zu.

Wolf nickt. „Für mich war es wirklich unerträglich."

Nach einer Pause sagt er: „Man muss es ja doch ertragen, ob man will oder nicht, weil einem gar nichts anderes übrig bleibt."

Wieder schweigt Wolf. Auch Torsten schweigt. Er spürt, dass der Vater weitersprechen wird und gibt ihm die Zeit, die er braucht, um die richtigen Worte zu finden.

„Ich wusste nicht, wo ich nach euch suchen sollte. Doch ich wusste plötzlich, was zu tun ist: Ich musste nach Hause zu meinen Eltern, hierher an den Grundlsee. Hier würdet ihr mich finden. Hier wollte ich auf euch warten."

„Aber wir sind nicht gekommen."

Wolf schüttelt den Kopf, fährt sich mit der Hand übers Gesicht, seufzt und spricht weiter.

„Nein. Ihr seid nicht gekommen. Stattdessen kam eines Tages ein Brief."

„Mutter hat dir geschrieben?"

Wolf schüttelt den Kopf.

„Nein. Es war ein Amtsbrief von einem Frankfurter Gericht."

Torsten überlegt, was es mit diesem Brief auf sich hat. Es konnte sich nur um den Unterhalt und die Scheidung handeln.

„Die Scheidungsunterlagen?", fragt er.

Wolf nickt.

„In dem Brief stand, dass ich meine Ehefrau und meinen Sohn böswillig verlassen hätte und die Scheidung auch ohne mein Erscheinen rechtsgültig sei. Auf Unterhalt würde sie freiwillig verzichten, doch ich hätte kein Recht, dich zu sehen. Das alleinige Sorgerecht lag bei der Mutter."

Wieder fährt sich Wolf übers Gesicht und seufzt.

Torsten kann die Not des Vaters nachempfinden. Und doch kann er ihm nicht verzeihen. Er nimmt ihm übel, dass er eine Heimat hat, einen Platz, wo er hingehört. Solch einen Platz gab es für ihn nie.

„Du hattest deine Familie und deine alten Freunde, ich dagegen war ganz allein", beklagt sich Torsten.

„Ich war auch allein, direkt einsam. Die Einsamkeit in einem Dorf ist anders als die in einer Stadt. Hier kannte ich jeden, deshalb war die Reaktion meines Umfeldes so schlimm."

„Wieso? Das verstehe ich nicht."

„Meine Mutter beschimpfte mich, weil ich Frau und Kind verlassen hatte. Mein Vater sagte, ich solle froh sein, die Stadtdame los zu sein. Meine früheren Freunde sagten Dinge wie „Kopf hoch!" und „Das wird schon wieder." Ich fühlte mich einsam und unverstanden, doch ich blieb, weil ich trotz allem auf ein Wiedersehen mit euch hoffte."

So hat sich Torsten das Leben seines Vaters nicht vorgestellt. Er hatte immer geglaubt, dass er wie die Mutter nur den verstorbenen Bruder liebte und ihn völlig vergessen hatte. Das war der einzige Grund für sein Fortbleiben, den sich Torsten vorstellen konnte. Irgendwann hörte er auf zu warten und begann schließlich, seinen Vater zu hassen. Im Laufe der Jahre verblassten die Erinnerungen und auch der

Wunsch, seinen Vater wiederzusehen. Er hatte ihn bewusst aus seinem Gedächtnis gestrichen.

Nach einer Pause, in der jeder der Männer seinen Gedanken nachhing, erzählt Wolf weiter. „Schließlich nahm mich der Huber-Tischler auf. Er sagte, dass er keine Worte finde, mich zu trösten, doch ich könne bei ihm arbeiten, falls ich Holz mag."
Wolfs Gesicht hellt sich auf.
„So wurde ich also Tischler", verkündet er direkt stolz. „Der Huber erklärte mir, dass der Heilige Wolfgang der Schutzpatron der Holzarbeiter und Zimmerleute sei. Mir gefiel das. Es passte einfach."
„Gut." Torsten nickt zufrieden.
Anja hätte das sofort als wunderbares Zeichen verstanden, dass Vaters Vorname der gleiche ist wie der des Schutzpatrons für den gewählten Beruf. Plötzlich bedauert er, dass er ihr nicht davon erzählen kann.
„Der Huber erzählte mir eine Geschichte, die mich schließlich tröstete."
„Was war das für eine Geschichte?", erkundigt sich Torsten.
„Sie ist schnell erzählt, hatte aber eine nachhaltige Wirkung auf mich. Darin trauerte eine Frau um ihren verstorbenen Sohn."
„So wie du um deinen, nicht wahr?"

144

Wolf nickt und spricht weiter: „Man riet ihr, auf die Suche nach Menschen zu gehen, die keinen schrecklichen Verlust erlitten hatten."

Diesen Rat hält Torsten für Unsinn und kann sich nicht vorstellen, was daran gut und hilfreich sein soll.

„Sie macht sich also auf und geht zu jedem Haus und erfährt überall eine Leidensgeschichte."

Torsten zuckt mit der Schulter. Er versteht den Sinn der Geschichte nicht.

„Begreifst du nicht, dass der Tod in das Leben jedes einzelnen Menschen eingreift? Der Tod ist also ebenso normal wie das Leben selbst und trifft jeden."

Dass jeder sterben muss, ist Torsten klar. Doch wie sollte das die Frau über den Verlust ihres Kindes trösten? Plötzlich versteht er den Sinn der Geschichte. In jeder Familie gibt es Leid und Kummer. Ihm fällt Jakobs Familie ein. Dass man nicht als Einziger auf der ganzen Welt schweres Unglück ertragen muss, tröstet offenbar tatsächlich.

„So bist du also doch noch glücklich geworden", fasst Torsten zusammen.

„Glück. Was ist schon Glück? Ich fühlte mich von diesem Tischler verstanden und der Schmerz ließ langsam nach. Die Arbeit machte mir Freude und lenkte mich ab von all den quälenden Fragen."

„Welche Fragen denn?", wundert sich Torsten. Für ihn war die Sachlage klar. Darüber musste man nicht nachdenken.

„Weißt du, wenn jemand gestorben ist, ist das schrecklich. Man ist untröstlich und leidet. Doch man weiß, dass es ein Ende ist, ein Schluss, woran man nichts ändern kann. Man ist völlig hoffnungslos. Doch Hoffnung kann viel quälender sein als Hoffnungslosigkeit. Denn du und deine Mutter – ihr habt gelebt, wart aber für mich unerreichbar. Ich wusste nicht, wie es euch geht und hoffte jeden Tag, euch wiederzusehen – viele Jahre lang. Das war die eigentliche Qual für mich."

Torsten schweigt. Er denkt nach. Auch er hat viele Jahre lang auf die Rückkehr seines Vaters gewartet. Vergebens. Er hatte sehr darunter gelitten und sich immer wieder gefragt, warum der Vater fort ist. Erst, als er keine Hoffnung mehr hatte, sein verzweifeltes Warten in Hass umschlug und er seinen Freunden erzählte, sein Vater sei gestorben, fand er Ruhe.

Wolf hat also Recht, dass der Tod eines Angehörigen sogar eine Erlösung für die Hinterbliebenen sein kann. Ihm fällt eine Fernseh-Dokumentation über vermisste Kinder ein, deren Eltern und Geschwister nicht wissen, was passiert ist, sich die schlimmsten

Geschehnisse ausmalen und oft jahrelang verzweifelt auf ein Wiedersehen hoffen.

Und jetzt mutet er seinen Mädels den gleichen Schmerz zu, sich ständig zu fragen, warum er plötzlich fortging und wo er jetzt wohl lebt und wie es ihm fern von daheim geht. Auch Nicole wird sich sorgen, weil er nicht wie besprochen sofort zu ihr gekommen ist. Auch sie wird hoffen, dass er bald wiederkommt. Oder sie glaubt, wenn er sich nicht meldet, lebt er zufrieden mit seinen Mädels zusammen.

Diese vielen unterschiedlichen Gedanken, die er einfach nicht verdrängen kann, quälen ihn derart, dass er aufsteht und nach draußen geht. Beim Blick auf den See vertreibt ein eisiger Wind seinen Kummer. Ihm wird kalt und er geht wieder ins Haus und steigt hinauf in seine Schlafkammer.

Doch er findet keine Ruhe und schon gar keinen Schlaf. Immer wieder denkt er über Wolfs Worte nach. Am liebsten würde er jetzt eine Fernseh-Dokumentation schauen, doch hier im Haus scheint es keinen Fernseher zu geben.

Auf seinem Nachttisch liegen zwei Bücher, obenauf eins von Tucholsky. Der Name ist ihm ein Begriff, obwohl er noch keins seiner Bücher gelesen hat. Er nimmt es zur Hand und blättert wahllos durch die Seiten. Schließlich liest er eine der kurzen Geschichten. Darin fährt ein Schriftsteller mit seiner Freundin in den Urlaub und geht mit ihr stundenlang spazieren. Diese Spaziergänge und die seltsamen Dialoge des Paare werden ausführlich beschrieben. Mehr passiert offenbar nicht. Enttäuscht legt er das Buch zur Seite. Er möchte seine Zeit nicht mit derartigen Nichtigkeiten vertrödeln. Immerhin hat ihn der Ärger über eben diese Nichtigkeiten abgelenkt und er findet endlich Schlaf.

Couchsurfer

Beide Männer sitzen im Gasthof und trinken Weißwein. Torsten betrachtet die Leute ringsum und überlegt, welcher Arbeit sie wohl nachgehen. Anja hatte immer viel Spaß daran, den Vorübergehenden Berufe zuzuordnen. Dabei flüsterte sie ihm zu: „Schau! Der da ist ganz sicher Buchhalter und dieser Mann dort Lehrer." Doch hier im Gasthof sieht keiner wie ein Buchhalter oder Lehrer aus. Eher tippt er auf Handwerker. Einige tragen Tracht.

„Das ist hier üblich", erklärt Wolf. „Tracht versteht man hier als Alltagsgewand, das immer passt – ob bei der Arbeit oder zum Ausgehen.

Das gefällt Torsten. Die Frauen in ihren bunten Dirndln sehen hübscher aus als die in Jeans und dunklem Pulli. Auch die Filzjacken der Männer gefallen ihm gut. Solch eine praktische Jacke würde er selbst gern tragen.

„Griaßt eich!"
Ein braungebrannter junger Mann setzt sich unaufgefordert zu ihnen an den Tisch.
„Zurück von deiner Reise?", erkundigt sich Wolf.
„Letzte Woche schon."
„Wo warst?"
„Iran."
„Iran? Wie kommt man auf solch eine ausgefallene Idee?", wundert sich Torsten.
„Genau das haben mich alle meine Freunde auch gefragt."
Wolf verdreht die Augen, während sich Torsten auf eine spannende Geschichte freut. Der Mann macht jedenfalls den Eindruck, als ob er gern redet.
„Das ist Torsten und das unser aller Liebling", stellt Wolf die jungen Männer einander vor.
Lachend erklärt der Mann: „Mein Name ist David. Klingelt´s?"
Torsten zuckt mit der Schulter.
„David heißt Geliebter, Liebling der Götter. Ich habe einfach immer Glück."

Dabei breitet er seine Arme aus und lacht übers ganze Gesicht.

„Na dann! Auf weiteres Glück", sagt Wolf und hebt sein Glas.

„Iran? Geht das so einfach?", nimmt Torsten den Faden wieder auf.

„Du lässt offenbar nichts aus", stellt Wolf fest.

„Bin ich meinem Stand schuldig."

Zu Torsten gewandt ergänzt er mit einem leichten Kopfnicken wie zu einer Verbeugung: „Journalist und Autor. Ich reise durch die Welt und schreibe darüber."

„Das ist sicher ein hochinteressanter Job", erkennt Torsten neidlos an.

„Ein verrückter Spinner ist er, schläft sich durch fremde Betten anstatt wie jeder normale Mensch ein Hotel zu buchen oder daheim zu bleiben."

Torsten überlegt, was das wohl bedeuten soll, dass sich einer durch fremde Betten schläft. Vielleicht ein berüchtigter Fremdgänger in dieser Gegend. Doch ihm ist nicht klar, was das mit seiner Arbeit zu tun haben soll. Er zuckt mit der Schulter, während David schallend lacht.

„So kann man´s auch nennen. Ich bin Couch-surfer."

„Couchsurfer? Davon habe ich noch nie gehört", gibt Torsten zu.

„Das ist schnell erklärt. Es gibt verschiedene

Internetportale, auf denen weltweit zig Millionen Leute kostenfrei ihr Sofa zur Übernachtung anbieten. Couchsurfen eben."

„Tatsächlich?", wundert sich Torsten. „Doch so richtig verstehe ich das System trotzdem nicht."

„Du legst deine ungefähre Reiseroute fest und und schaust dir im Internet die Leute an, die genau auf dieser Strecke ihr Sofa für Übernachtungen anbieten. Sobald dir ein Typ, eine Beschreibung oder Bewertung sympathisch ist, schreibst du denjenigen an und schon kann es losgehen."

„Und das ist völlig kostenfrei?"

David nickt.

„Oft wird man sogar zum Essen eingeladen, zu Hochzeiten, Feiern ..."

„Sag ich doch! Der reist durch die Welt, frisst sich durch und schreibt Bücher darüber."

Auch wenn Wolfs Bemerkung abwertend und direkt garstig klingt, ist Torsten komplett beeindruckt.

„Ich ziehe nicht als Tourist durch die Lande, sondern ganz individuell und kriege viel mehr von Land und Leuten mit", erklärt David.

Das leuchtet ein. Torsten mag ebenfalls keinen Massentourismus, doch einfach so durch ein unbekanntes Land zu reisen und bei völlig fremden Leuten zu übernachten wäre nichts für ihn.

„Bei dir habe ich so meine Zweifel, dass du wirklich irgendwas mitkriegst", lästert Wolf.

„Wieso?", empört sich David.

„Was du über Russland geschrieben hast, schien mir ziemlich oberflächlich. Du triffst dich mit jungen Leuten, feierst mit ihnen Partys und machst am liebsten das, was verboten ist."

David hebt abwehrend die Hände und lacht dabei schelmisch.

„Logisch. Alles Verbotene hat seinen besonderen Reiz."

Wolf schüttelt den Kopf.

„So etwas kenne ich nicht. Nur, weil es verboten ist, sollte es mich interessieren?"

„Was interessiert dich denn?", fragt David ziemlich laut und aggressiv. „Kannst du dich überhaupt für irgend etwas begeistern?"

„Begeistern." Wolf grinst und macht eine abfällige Handbewegung. „Begeisterung ist nichts weiter als ein Strohfeuer, von dem nichts übrig bleibt."

„Dann vergisst du meine Bücher. Ich schreibe meine Reiseerlebnisse auf und sie bleiben in meinen Büchern erhalten."

Torsten stimmt David zu, der sich vergnügt auf die Schenkel schlägt.

David hebt sein Glas. „Auf die Bücher!"

Auch Wolf greift zu seinem Glas und sagt: „Auf den Wein! Er verstärkt das Wesen, macht die

Klugen klüger und die Dummen dümmer."

„Redest du von mir?", regt sich David auf und erhebt sich ein wenig von seinem Stuhl, was auf Torsten einen direkt bedrohlichen Eindruck macht. Offenbar ist dieser Bursche ein rechter Hitzkopf. Er mag es nicht, wenn sich die Leute nicht unter Kontrolle haben.

Doch Wolf zuckt ungerührt mit der Schulter, nimmt einen großen Schluck aus seinem Glas, stellt es ab und kritisiert kopfschüttelnd: „Du verstehst nicht mal die Landessprache."

„Von welcher Landessprache redest du?", faucht David.

Unnötig laut und hektisch erklärt er: „Neben Russland gibt es Georgien, Armenien, Tadschikistan, die baltischen Länder und viele mehr. Und nahezu alle haben ihre eigene Sprache."

„Russisch verstehen trotzdem alle – außer dir." Wolf zeigt mit seiner großen Hand auf David. „Man durchreist nicht monatelang fremde Länder, wenn man die Sprache der Bewohner nicht spricht."

Torsten nickt, obwohl er sich bisher noch nie Gedanken darüber gemacht hat.

„Du ziehst unbekümmert los wie ein Kind ins nächste Abenteuer", wirft Wolf dem Journalist vor.

„Mag sein. Doch ist es besser, unvollkommen

zu beginnen als perfekt zu zögern."

„Von wem ist der Spruch? Doch nicht von Dir", sagt Wolf abfällig.

David zuckt mit der Schulter.

„Lass ihn doch erzählen!", bittet Torsten. „Mich interessiert das."

„Kannst seine Bücher bei mir lesen, ich habe sie alle."

„Sieh an, sieh an!", freut sich David.

„Obwohl sie großer Blödsinn sind", schränkt Wolf ein, worüber David schallend lacht.

„Man kann weder Land noch Leute wirklich kennenlernen, wenn man deren Sprache nicht spricht", wiederholt Wolf sehr bestimmt.

„Wie verständigst du dich? Hast du einen Dolmetscher?", fragt Torsten interessiert.

„Englisch versteht man weltweit, auch in China und Russland. Mit den Iranern korrespondiere ich ebenfalls in Englisch."

„Und das reicht dir? Typisch Journalist!"

Torsten merkt, dass sein Vater verärgert ist. Trotzdem möchte er mehr erfahren.

„Darf man so einfach in den Iran reisen?", erkundigt er sich.

„Klar. Man braucht nur ein Visum." David lacht. Dann schaut er schweigend von einem zum anderen, um die Spannung zu erhöhen. Er blickt sich im Gastraum um, ob sich vielleicht noch weitere Zuhörer finden. Doch alle scheinen in ihre eigenen Tischgespräche vertieft zu sein. Also erzählt er weiter.

„Um ein Visum für den Iran beantragen zu dürfen, benötigt man zuerst eine Visa-Be-an-tra-gungs-Erlaubnis." Dabei betont er jede Silbe.

„Eine was?"

„Bevor man einen Antrag stellen darf, braucht man diese Erlaubnis. Lustig, was?" Mit ernster Stimme, die fast belehrend klingt, sagt er: „Diese Erlaubnis stellt das iranische Außenministerium aus. Damit darf man drei Monate im Land bleiben, muss allerdings angeben, in welchem Hotel man übernachtet."

„Aber du sagtest doch, du schläfst bei den Leuten privat auf deren Sofa."

„Sofa war es selten, meist der Teppich." Wieder lacht David. Dann erklärt er: „Couchsurfen ist im Iran verboten."

„Sag ich doch", fährt ihn Wolf ärgerlich an. Und zu Torsten gewandt: „Der macht ausschließlich das, was verboten ist und bringt am Ende noch irgendwen in Gefahr."

„Gefährlich war es schon", sagt David mit einem gewissen Stolz in der Stimme. „Ich musste mir die Hotels ausdenken und hoffen, dass das nicht überprüft wird und ich auffliege. Das wäre auf jeden Fall für mich gefährlich geworden."

„Dich meine ich nicht. Um dich mache ich mir überhaupt keine Gedanken, sondern um die Leute, bei denen du verbotenerweise übernachtet hast."

Wütend fährt sich Wolf übers Gesicht.

„Lass ihn doch reden!", bittet Torsten.

Triumphierend nickt David Wolf zu und flüstert fast: „Gefährlich ist es auch, wenn man etwas Verbotenes im Gepäck hat."

Er lehnt sich zurück und schaut beide Männer bedeutungsvoll an.

„Alkohol ist verboten, also auch diverse Pralinen, Schweinefleisch und Bilder von unverschleierten Frauen. Überhaupt sind Bücher riskant."

„Dann hast du sicher welche mitgenommen. Richtig?", vermutet Wolf.

Er schaut zur Seite, als interessiere ihn Davids Geschichte nicht. Doch er verfolgt ebenso aufmerksam wie Torsten jedes Wort.

„Das war ich meinen Gastgebern schuldig, etwas mitzubringen, was sie im Land nicht so einfach kaufen können."

Das versteht Torsten. Doch er hätte keine Lust, sich wegen eines Buches oder Likörpralinen in Gefahr zu bringen.

David lehnt sich zurück und nimmt einen großen Schluck aus seinem Glas. Dann hält er es hoch, damit der Wirt sieht, dass es leer ist und gefüllt werden soll.

Dann verkündet er laut: „Gleich am zweiten Abend wurde ich zu einer geilen Sexparty eingeladen."

„Jetzt spinnst du aber!", unterbricht Wolf.

David senkt die Stimme und flüstert, als ob auch hier im Gasthof am Grundlsee Gespräche über Sex verboten wären.

„Das läuft folgendermaßen ab!" Wieder blickt er sich um, als ob er sicher gehen will, nicht belauscht zu werden. „Man trifft sich in einem Café, wobei alle Beteiligten einzeln aus verschiedenen Richtungen dazu kommen. Dort erst bespricht man den eigentlichen Treffpunkt, denn er muss unbedingt geheim bleiben."

Wolf breitet kopfschüttelnd seine Arme aus, was wohl bedeutet: „Habe ich´s nicht gesagt!"

Laut schimpft er: „Mich kotzt es an, dass heutzutage jeder mit jedem gedankenlos ins Bett springt ohne Gefühl, als wäre es eine Verabredung zum Joggen. Nichts besonderes eben. Widerlich!"

David grinst Torsten an, als ob er sagen wollte, dass der Alte sowieso keine Ahnung hat. Er merkt nicht, dass die Stimmung gekippt ist und erzählt begeistert weiter.

„Die Iraner sind absolut gastfreundlich und sehr weltoffen. Sie lieben alles, was aus den USA kommt."

„Was? Das glaube ich nicht!", ruft Wolf empört aus.

„Wieso?"

„Man liebt doch kein Land, das dem eigenen Land mit Sanktionen schadet."

So langsam geht Wolf dem jungen Journalisten auf die Nerven. Andererseits freut er sich, die Sache richtigstellen zu können.

„Offiziell ist die USA verhasst. Das sieht man an den vielen Plakaten mit Hasstiraden gegen Amerika und Israel. Wenn du zum Beispiel einen Stempel von Israel im Pass hast, lassen sie dich gar nicht ins Land."

Wolf nickt verstehend und brummt: „Logisch."

„Jedenfalls war ich zwei Monate in diesem Schurkenstaat und habe überlebt."

Beifall heischend breitet David seine Arme aus und schaut sich im Lokal um.

„Du kapierst gar nichts! Mir reicht´s! Ich gehe."

Wolf steht unvermittelt auf, bezahlt an der Theke den Wein und stürmt aus dem Gasthof.

„Tut mir leid", bittet Torsten um Entschuldigung für das abrupte Verschwinden seines Vaters.

„Ich weiß nicht, was er hat."

Für David ist die Sache klar. Ihm ist bewusst, dass sich Wolf gar nicht so lange mit ihm unterhalten hätte, wenn Torsten nicht dabei gewesen wäre. Wolf ist einer der wenigen Männer, die nicht viel von der USA-Politik halten, sondern eher auf der Seite des Iran stehen. Auch über Putin hat er eine recht ungewöhnliche Meinung. Er sagte einmal, dass Russland eine mächtige Hand braucht, damit es kein Chaos gibt. Doch David weiß nicht, wie Torsten darüber denkt. Zwar würde er gern mit ihm eine politische Diskussion führen und ihn von seiner Sicht der Dinge überzeugen, beschränkt sich aber vorerst auf seine Reiseerlebnisse.

„Die jungen Iraner träumen davon, in einem freien Land zu leben und möchten am liebsten in die USA auswandern."

Torsten vermutet, dass sich David vor allem mit sehr jungen Leuten getroffen und unterhalten hat. Jetzt versteht er, was sein Vater damit meinte, dass der Journalist oberflächlich sei und nur Partys im Kopf habe.

„Ich muss los", sagt er. „Mein Vater wird warten."

„Vater? Ich wusste nicht, dass Wolf Kinder hat."

Torsten zuckt mit der Schulter und sagt: „Du weißt eben doch nicht alles."

Der Wirt fährt mit der Hand durch die Luft und bedeutet Torsten damit, dass Wolf die komplette Zeche bereits bezahlt hat.

*****

„Was war denn?", erkundigt sich Torsten, als er am Abend mit Wolf am Tisch sitzt.

Der Vater hat sich einen Schnaps eingegossen und zeigt mit der Hand auf die Flasche.

„Gieß dir ein!"

Torsten schüttelt den Kopf.

„Ich mag nicht, vertrage das starke Zeug offenbar nicht."

„Und ich vertrage diesen Burschen und seinen Unsinn nicht", grummelt Wolf.

Das hat Torsten gemerkt. Allerdings ist ihm nicht ganz klar, was genau sein Vater unter Unsinn versteht. Doch er fragt nicht weiter nach, weil er merkt, dass er noch verärgert ist.

„Alles erscheint mir flach, falsch, gestellt, erstunken und erlogen – genau wie dieser Mist, den sie uns tagtäglich im Fernsehen anbieten."

Überrascht schaut Torsten auf und fragt: „Alles?"

Er mag keine Übertreibungen und er mag auch keine Fernsehsendungen. Ihm ist einfach die Zeit dafür zu schade, nur herumzusitzen und zuzuschauen, was andere Leute so machen und erleben. Und doch interessiert es ihn, was Wolf so aufregt. Noch mehr interessiert ihn, was er sich überhaupt anschaut.

„Welche Filme siehst du eigentlich gern?"

„Filme schaue ich nicht, mich interessieren eher Dokumentationen über Russland, Länder der ehemaligen Sowjetunion. Darüber gab es früher keine Berichte."

Russland ist Torsten völlig fremd. Und da er nie vorhatte, jemals so weit in den Osten zu reisen, hat er auch noch keine Sendung darüber gesehen. Für ihn muss alles, wofür er sich interessiert und was er tut, einen direkten Bezug zu ihm selbst haben. Sonst hat es für ihn keinen Wert.

Wolf scheint die Dinge anders zu sehen.

„Hast du eigentlich ein Fernsehgerät?"

Wolf nickt.

„Habe ich. Drüben in der guten Stube."

Stube. Das klingt für Torsten so heimelig. Ihm fällt ein, dass er sich bisher nur in der Küche aufhielt oder in seiner Schlafkammer, wenn er im Haus war. Wolf hatte *gute* Stube gesagt. Gab es noch eine einfache Stube, eine für den Alltag? Oder war dies die geräumige Küche mit der riesigen Eckbank und dem großen Tisch? Bevor er nachfragen kann, erklärt Wolf, dass er das Gerät nur noch selten anschaltet.

„Warum?"

„Mir ist das alles zu modern."

Das Wort modern spuckt er direkt verächtlich in den Raum.

„Was verstehst du unter modern?"

Er kann sich nicht vorstellen, dass Wolf lieber alte Heimatfilme schaut. Er muss etwas anderes unter modern verstehen.

„Die Dialoge in den Filmen sind mir zu schnell und zu albern. Nichtigkeiten werden aufgebauscht und Wichtiges unterschlagen."

Torsten zuckt mit der Schulter, fragt aber nicht nach, denn eigentlich interessiert es ihn nicht.

„Dokumentationen schalte ich neuerdings oft vor der Zeit aus. Die moderne Kamera huscht eilig über alles hinweg oder verdreht die Perspektiven."

Jetzt muss Torsten lachen, denn eine Perspektive kann man seiner Meinung nach nicht verdrehen.

„Das kann man sehr wohl", schimpft Wolf. „Da kippt plötzlich der Berg zur Seite oder das Haus steht Kopf, weil man heutzutage den Menschen keine normalen Bilder zumuten kann. Ich finde das furchtbar."

Torsten denkt nach. Er weiß, was Wolf meint mit den kurzen und verdrehten Aufnahmen. Bisher machte er sich eher Gedanken um die technische Durchführung als darum, dass es den Bericht zerstören könnte. Ihm fällt ein, dass auch Anja sich über die gleichen Dinge beklagte, während Marie immer begeistert über derartige Kameratricks in die Hände klatschte.

„Meist springt der Sprecher munter zwischen

mehreren Geschichten hin und her. Das nervt mich. Besonders lästig finde ich, wenn ich nicht informiert, sondern belehrt werde."

„Was meinst du mit belehren?", erkundigt sich Torsten.

„Wenn der Sprecher übertrieben eindringlich flüstert, dass allein der böse Mensch am Untergang der Welt und am Schmelzen der Gletscher die Schuld trägt, schalte ich das Gerät aus. Das ist mir dann zu dumm."

Die Gletscher sind Torsten gleichgültig, doch er glaubt schon, dass der Mensch viel Schlimmes verursacht hat. Das sieht auch Wolf so, doch sieht er andere Ursachen, über die er sich nicht näher äußern will.

Männergespräche

„Hast du Familie?", erkundigt sich Wolf.

Torsten will sofort antworten, schweigt aber. Es ist besser, erst einmal nichts zu sagen. Damit ist er bisher immer gut gefahren.

Anja hasste es, wenn er schwieg oder länger überlegte. Sie war der Meinung, wer erst nach-denken muss, antwortet nicht ehrlich, sondern sucht nach Ausflüchten. Vielleicht stimmt das sogar. Doch mit seiner Taktik hat er sich niemals um Kopf und Kragen geredet.

Schließlich holt er sein Handy aus der Tasche, schaltet es an und sieht sofort mehrere neue Nachrichten. Doch er liest keine einzige, sondern berührt schnell die Galerie-Taste. Vorsichtig, als könnte etwas zerbrechen, reicht er Wolf das Handy.

„Das sind meine Mädels: meine Frau Anja, Sofie und die kleine Marie."

Gemeinsam betrachten sie lange schweigend die vielen Fotos, die Torsten nacheinander aufblättert. Zu jedem Bild erklärt er, wann und wo es aufgenommen wurde.

Schließlich bittet Wolf: „Erzähle mir von deiner Familie!"

Torsten schwärmt von der besonnenen Sofie und ihrem Gitarrenspiel, beschreibt mit vielen Worten die immer fröhliche Marie und seine über alles geliebte Anja. Wolf hört aufmerksam zu und stellt hin und wieder eine Frage.

Schließlich will er wissen: „Warum hast du sie nicht mitgebracht? Im Haus ist Platz genug für alle und ich würde mich freuen, deine Mädels kennenzulernen."

Torsten schluckt. Er räuspert sich umständlich und sagt schließlich sehr bestimmt: „Das geht nicht."

Er überlegt, ob er einfach aufstehen und hinausgehen soll. Man muss nicht jede Frage beantworten. Andererseits ist es kindisch, nicht zu antworten. Die Frage ist harmlos. Nur die Antwort ist sehr kompliziert.

Noch einmal räuspert er sich und sagt er leise: „Ich habe sie verlassen."

„Du hast was?"

Torsten glaubt, er habe nicht laut genug gesprochen und wiederholt deutlicher, dass er seine Familie verlassen hat und setzt energisch hinzu: „Doch ich gehe nicht zurück."

„Habt ihr euch gestritten?"

Torsten schüttelt den Kopf. Er hat keine Lust, dem Vater alles haarklein zu erzählen. Jedenfalls nicht heute. Vielleicht später einmal.

Er antwortet ausweichend: „Das Problem habe allein ich verursacht. Also muss zwangsläufig ich allein damit fertig werden."

„Es ist nicht leicht, jemanden, den man liebt, zu verlassen. Und doch ist es leichter, wegzulaufen als zurückzugehen. Glaube mir!."

Wolf schaut seinen Sohn ernst an.

„Ich gehe nicht zurück", wiederholt Torsten leise. „Ich kann nicht."

„Man kann vieles, wenn man es wirklich will."

„Es gibt keine Lösung, die alle zufriedenstellt. Deshalb musste ich gehen. Und deshalb kann ich nicht zurück."

Wolf spürt, dass seinen Sohn etwas bedrückt, worüber er nicht sprechen will. Es muss etwas schwerwiegendes sein. Er dringt nicht weiter in ihn. Doch er hofft, dass Torsten nur etwas Zeit braucht und dann reden wird. Hier zwischen dem Wald und dem See wird er zur Ruhe kommen und sein Leben verstehen. Es heißt: „Verstehen kann man das Leben nur rückwärts, leben muss man es vorwärts."

Was immer es sein mag, weshalb Torsten glaubt, nicht nach Hause zu seinen Lieben gehen zu können, es wird sich in Ordnung bringen lassen. Davon ist Wolf überzeugt.

Als Torsten allein in seinem Zimmer sitzt, nimmt er erneut sein Handy hervor und betrachtet die Bilder seiner drei geliebten Mädels. Ihm ist elend zumute.

Zitternd öffnet er Anjas Nachrichten. In jeder fragt sie, wie es ihm geht und schreibt, dass sie ihn sehr vermisst. Die letzte Frage lautet: „Kommst du wieder?"

Darauf muss er antworten, das ist ihm klar. Und er muss eindeutig antworten, darf keinen Zweifel lassen und Anja keine Hoffnung machen. Sie soll nicht so auf ihn warten wie er damals auf seinen Vater.

Er tippt: „Nein, ich komme nicht wieder. Sage das auch den Mädels."

Am liebsten hätte er ihnen noch versichert, dass er sie immer geliebt hat und auch heute noch liebt. Eigentlich sogar mehr als jemals zuvor. Doch das wäre nicht fair. Er hat sich entschieden, sie zu verlassen. Dabei bleibt es.

Kurz überlegt er, ob er alle drei Nummern sperren sollte, doch er bringt es nicht übers Herz.

Auch Nicole hat ihm mehrere Nachrichten geschickt. „Wo bleibst Du?" und „Hast Du unsere Verabredung vergessen?"

Nein, er hatte nichts vergessen, kein einziges ihrer eindringlichen Worte. Er sieht Nicoles besorgten Blick vor sich und denkt an ihre Drohung, mit Anja zu sprechen, wenn er es nicht tut. Das macht ihn wütend und er hofft, dass sie es nicht wagen wird, seine Frau aufzusuchen.

*****

Am nächsten Morgen tritt Torsten vor die Tür. Ihm stockt der Atem über das, was er sieht und noch niemals vorher gesehen hat. Die Gipfel der Felsen auf der anderen Seeseite leuchten in der Sonne, als wären sie mit Gold über-gossen. Die Luft scheint rot-violett zu brennen und wird umrahmt von dunkelblauen Wolken, darunter schneebedeckte Berge über dunklen Wäldern. Erst, als er merkt, dass die kalte Morgenluft unter seinen Pullover kriecht, geht er zurück ins Haus.

Sein Vater hat das Frühstücksgeschirr bereits zur Seite geräumt und seinen Platz zum Schnitzen hergerichtet. Torsten zeigt mit der Hand zum Fenster, wo zwar rot schimmernde Wolken vorüber ziehen, doch das Gold ist verschwunden.

Torsten denkt an die Sonnenaufgänge am Meer. Anja und Sofie waren von ihnen überaus beeindruckt. Sie standen sogar sehr früh am Morgen auf, um die Sonne aus dem Wasser steigen zu sehen. Dafür wollten weder er noch Marie die Nacht unterbrechen. Nur ein einziges Mal standen sie alle vier auf dem Balkon und schauten auf das Meer, das sich wie der Himmel dunkelrot färbte. Dann stieg langsam der strahlend gelbe Sonnenball immer höher, das Rot verblasste und es wurde hell.

Wolf lächelt seinem Sohn zu.

„Weißt du, See und Berg sehen täglich anders aus. Beide wechseln rund um Jahr und Tag nahezu stündlich die Farben. Das Licht holt die Berge zum Greifen näher oder schiebt sie in weite Ferne. Und manchmal versinken sie ganz im Nebel."

Vorstellen kann sich Torsten das nicht. Es ist ihm auch gleichgültig. Zwar mag er die Berge und den See, doch er sieht in ihnen nicht das, was der Vater in ihnen sieht.

„Siehst du den Backenstein?" Wolf zeigt mit der Hand auf die andere Seeseite. „Der Felsen ist immer weiß, mal leuchtend wie frisch gestrichen und mal stumpf wie mit Staub überzogen." Dann schaut er auf den See. „Das Wasser kann grün flimmern oder in jedem Blau, von ganz hell bis fast schwarz."

Gedankenverloren schaut er aus dem Fenster. „Jetzt im Winter ist es besonders schön, weil die Luft klar ist und der Schnee in der Sonne glitzert." Wolf beschreibt mit seinem Arm einen Bogen vom Wasser bis weit nach oben in Richtung der Wolken.

„Und darüber strahlt ein tiefblauer Himmel. So etwas ist reines Glück. Doch am liebsten mag ich den Herbst mit seinen warmen und leuchtend roten und gelben Farben."

Torsten setzt sich zu seinem Vater an den Tisch und schaut ihm beim Schnitzen zu. Wolf strahlt eine angenehme Ruhe aus, seine Augen springen nicht eilig hin und her, die Hände bewegen sich langsam und sicher.

„Dein Wanderer ist fast fertig und sieht richtig lebendig aus. Schnitzen ist eine schöne Kunst."

Wolf schüttelt den Kopf.

„Mit Kunst habe ich nichts am Hut", brummt er und ergänzt nach einer Weile: „Ich schnitze allein deshalb, weil es mir gefällt. Kunst will ernst genommen werden – das halte ich für übertrieben."

Über Kunst hat Torsten bisher noch nie nachgedacht. Er braucht keine Kunstwerke, weder Bilder an der Wand noch Figuren im Regal. Ihm geht es allein um den Nutzen der Dinge, die allerdings auch schön sein und ihm gefallen sollen.

Er vermutet, dass Wolf aus reiner Langeweile schnitzt, denn sein Alltag ist sicher eintönig und einsam in diesem Haus am Wald. Der Blick hinunter zum See und auf die Berge gegenüber ist zwar einzigartig schön, doch kann er wohl nicht über die Einsamkeit hinwegtrösten.

„Du lebst sehr bescheiden", stellt Torsten fest. Er zeigt auf die Bank, auf der er sitzt und den Tisch. „Ich glaube, diese Bank und auch die anderen Möbel gab es schon zu Zeiten der Großeltern."

Wolf nickt.

„Warum sollte ich ständig neue Dinge haben wollen? Ich erfreue mich lieber an den Dingen, die ich bereits habe. Am meisten schätze ich ohnehin Dinge, die für Geld nicht zu haben sind: ein Gespräch, eine neue Erfahrung. So etwas eben."

Das kann Torsten nicht nachvollziehen. Er hat

immer viel gearbeitet und entsprechend gut verdient. Von dem Geld konnte er sich alles kaufen, was nötig war und vieles darüber hinaus. Er liebt schlichte Formen ohne Schnörkel, am liebsten aus Glas oder Metall. Holz passt gut in dieses Waldhaus, doch nicht in die Stadt. Gespräche, die dem Vater so viel bedeuten, bringen ihn nicht weiter. Entweder sind sie unwichtig, weshalb man ganz auf sie verzichten kann, oder sie gehen in Streit über, was er schon gar nicht mag. Er möchte nur Informationen austauschen – nicht mehr und nicht weniger.

Doch während seiner Fahrt hierher erlebte er eine ganz andere Art Gespräche und erhielt Informationen, um die er nicht gebeten hatte. Die ihn nicht weiterbrachten. Zumindest nicht im praktischen Sinn. Seltsamerweise geht ihm keines dieser Erlebnisse aus dem Kopf.
Er versteht den Bauern nicht, der Tiere hält, die er nicht schlachten kann. Noch weniger versteht er die alte Frau, die sich zum Sterben in den eiskalten Wald kauerte. Und für Leute, die wie Teresas Oma und Jakob nur das Ziel haben, fortzugehen, hat er noch weniger Verständnis.
Dabei ist ihm klar, dass er selbst nicht klüger handelte, denn auch er wollte nur weg. Weg

von Anja. Und weg von Nicole, die ihn regelmäßig an seine missliche Lage erinnerte. Und obwohl er ganz ohne ein Ziel davonlief, landete er hier bei seinem Vater. Das war reiner Zufall. Anja würde nicht an diesen Zufall glauben. Für sie hätte ihn die Energie seines Unterbewusstseins genau hierher an den Grundlsee geführt.

Torsten ärgert sich über seine Gedanken. Bisher löste er sachliche Probleme, jetzt denkt er über Dinge nach, die ihn nichts angehen und ihn nicht weiterbringen. Es ist sinnlos, über Dinge nachzugrübeln, die nicht zu ändern sind.

Etwas zu laut nimmt er den Gesprächsfaden wieder auf.

„Zwischen neuen Dingen lebt es sich angenehmer als zwischen alten."

„Siehst du das so?"

„Allerdings. Deine Küche ist uralt."

Torsten zeigt wie zum Beweis auf die Küchenzeile aus hellem Holz.

„Die Küche ist tatsächlich über dreißig Jahre alt."

„Warum kaufst du dir keine neue?"

Wolf fährt langsam mit der Hand über das Holz und es wirkt, als ob er es streichelt.

„Warum sollte ich? Ich habe sie selbst gebaut, als ich damals hierher zurück kam."

Er denkt an die Zeit zurück, nachdem er wieder bei seinen Eltern einzog. Es war eine schwere Zeit, in der er sich oft einsam fühlte. Besonders an den Abenden und arbeitsfreien Wochenenden verfiel er in trübsinnige Gedanken. Er musste damals etwas tun, etwas, das ihn körperlich anstrengte und gleichzeitig seine Gedanken in eine sachliche Richtung lenkte. Deshalb fertigte er die Küchenmöbel. Es ist gute Handwerksarbeit.

„Nur die Geräte sind neu. Der Ofen, der Kühlschrank", ergänzt er.

„Du hast die Küchenmöbel selbst gebaut?"

Anerkennend schnalzt Torsten mit der Zunge und ärgert sich über seine abfällige Bemerkung vorhin.

„Schließlich bin ich Tischler. Doch dir gefällt meine Arbeit nicht", fasst Wolf zusammen.

„Die Arbeit schon, doch ich mag es lieber modern."

„Modern", wiederholt Wolf verächtlich. Dann erklärt er begeistert: „Solch eine Küche aus Massivholz ist zeitlos. Sie wird mich überleben, wenn sie nicht solch ein moderner Idiot wie du herausreißt." Dabei lacht er Torsten an, um seine harten Worte zu mildern. Nach einer Weile sagt er: „Sigrid gefiel die Küche auch nicht."

„Wer ist Sigrid? Hast du eine Frau?"

Wolf wischt sich übers Gesicht.

„Hatte. Ich hatte eine Frau."

Dann konzentriert er sich auf seine Schnitzerei und schweigt. Er denkt daran, wie er Sigrid kurz vor dem Tod seiner Eltern kennenlernte. Sie wollte damals nur zu ihm ins Haus ziehen, wenn er eine moderne Küche einbaut. Doch eine moderne Zeile hätte nicht gepasst. Also fanden sie einen Kompromiss und Wolf hat das vormals dunkle Holz abgeschliffen und hell lasiert. Auch den Tisch und die Bank behandelte er gleichermaßen. Nur die Arbeitsplatte ist nicht mehr aus Holz, sondern aus Naturstein.

Torsten hofft inzwischen, dass diese Sigrid nicht gestorben ist. Über den Tod mag er nicht reden.

Nach einer geraumen Weile spricht Wolf weiter: „Bis vor vier Jahren hatte ich eine Frau. Doch dann ging sie fort."

Noch immer wagt Torsten nicht, nach Details zu fragen. Er ist zwar froh, dass diese Sigrid nicht wie befürchtet gestorben ist, doch sie ist weggegangen. Bestürzt schüttelt er den Kopf. Wie ist das möglich, innerhalb von nur wenigen Tagen von derart vielen Menschen zu erfahren, die wie Torsten vor irgend etwas oder vor irgend wem davonlaufen. Sogar seine Eltern sind damals voreinander geflohen.

Wolf legt das Schnitzmesser zur Seite und zündet sich eine Zigarette an. Dann erzählt er.

„Sigrid ist eine schöne Frau, resolut und extrem selbstbewusst." Er lächelt versonnen. „Sie kann auch charmant sein, doch nur zu Leuten, die sie mag. Für alle anderen war ihre Direktheit meist verletzend." Wolf lacht und blinzelt Torsten zu. „Mich mochte sie." Wieder lacht er.

„Mochte. Du sprichst in der Vergangenheit. Sie mag dich nicht mehr?"

Wolf zuckt mit der Schulter, was bedeuten kann, dass er das nicht weiß oder dass es ihm gleichgültig ist.

„Warum hat sie dich verlassen?", hakt Torsten nach.

„Eigentlich hat sie nicht mich verlassen, sondern die Gegend hier."

„Die Gegend? Aber es ist doch wunderschön hier am See, direkt idyllisch."

„Ja, idyllisch. Und genau das gefiel ihr plötzlich nicht mehr."

„Ist sie so eine Frau, die gern ausgeht? Ins Kino, ins Theater?"

Wolf schüttelt den Kopf. „Das nicht. Aber sie sagte, sie brauche im Alter kein Reh oder See vor dem Fenster, sondern den Billa vor der Tür."

„Billa?"

„Das ist ein Supermarkt, wo sie am liebsten einkaufte."

„Ein Supermarkt vor der Tür ist natürlich nicht zu verachten", stimmt Torsten lachend zu.

Wolf zündet sich eine neue Zigarette an, indem er sie an die noch glimmende hält.

„Sie lebt jetzt in Salzburg. Salzburg ist für sie schon immer die schönste Stadt der Welt gewesen. Mir hätte von Anfang an klar sein müssen, dass sie früher oder später dorthin geht."

Torsten bemerkt den kläglichen oder möglicherweise sehnsuchtsvollen Ausdruck in Wolfs Augen und fragt sich, wie eine Stadt wichtiger sein kann als ein Mensch, den man liebt, in dessen Nähe man sein möchte, gleichgültig, wo er lebt.

Er selbst hat damals Frankfurt verlassen, um bei Anja zu sein, um mit ihr eine Familie zu gründen und in Chemnitz zu leben. In Chemnitz, wo sie aufgewachsen ist und ihre Eltern leben. Das ist ihm leicht gefallen. Vielleicht liegt es daran, dass er keine wirklichen Heimatgefühle kennt.

Und jetzt hat er Anja verlassen, doch nicht wie diese Sigrid, die nur in einer anderen Stadt leben wollte. Er hatte andere Gründe, die mit Nicole zusammenhängen, doch an die er jetzt nicht denken mag.

Ob Wolf mehr an seinem Haus hängt als an Sigrid?

„Warum bist du nicht mitgegangen?"

Wolf brummt etwas, was Torsten nicht versteht. Dann fragt er: „Warum sollte ich? Ich habe mein Haus hier, in dem schon meine Eltern und Großeltern lebten."

„Aber es ist nur ein Haus."

Darauf sagt Wolf nichts mehr. Er weiß nicht, warum er nicht mit nach Salzburg wollte. Er weiß nur, dass es die richtige Entscheidung war.

„Nun bist du allein hier."

„Allein bin ich wohl, doch nicht einsam. Ich liebe das Alleinsein. Ich liebe es wieder, hatte es in Sigrids Gegenwart ganz verlernt."

Torsten ist ebenfalls gern allein. Gegenwart von anderen, deren Vorstellungen er ablehnt oder die nur albern blödeln, ist ihm unerträglich. Doch hier, so abseits von jeder Gesellschaft wäre er wohl eher einsam. Er versteht Sigrid, doch er versteht Wolf nicht.

„Das Leben in einer Stadt ist einfacher und angenehmer."

„Mag sein", brummt Wolf, nimmt sein Schnitzmesser wieder zur Hand und arbeitet am Hut des Wanderers. Er kennt das Leben in der

Stadt. Schließlich hat er mehrere Jahre mitten in Frankfurt gewohnt.

„In Salzburg hat sie einen kleinen Laden. Alles, was sie dort verkauft, hat sie selbst gefertigt. Taschen und Kissen aus bunten Flicken zum Beispiel. Sie mag es bunt. Hier gab es für sie nichts zu tun."

Nach einer Pause ergänzt er: „Ich glaube, jeder Mensch braucht eine Aufgabe, etwas Nützliches zu tun, etwas, wofür es sich lohnt, am Morgen aufzustehen."

Torsten denkt über diesen Satz nach. Er gefällt ihm. So hat er es immer gesehen. Er wollte immer etwas Nützliches tun.

Doch nun ist das alles nicht mehr wichtig.

Geständnis

Zwei Tage später setzt sich Torsten an den Tisch neben seinen Vater, der konzentriert an seinem Wanderer schnitzt und sagt unvermittelt: „Ich bin krank."

„Fühlst du dich nicht wohl?", erkundigt sich Wolf besorgt.

Er vermutet Kopfschmerzen oder eine leichte Erkältung.

Torsten schüttelt den Kopf und sagt leise: „Ich werde sterben. Bald schon. Sehr bald."

„Junge!"

Entsetzt schaut Wolf seinen Sohn an und legt ihm seine Hand fest auf die Schulter.

„Aber was genau hast du?", fragt er bestürzt.

„Pankreaskarzinom."

Wolf schaut seinen Sohn irritiert an.

„Bauchspeicheldrüsenkrebs", erklärt Torsten.

Das Wort Krebs lässt Wolf zusammenzucken.

„Junge!", ruft er nochmals aus.

Dann schweigt er und weiß nicht, was er sagen oder fragen darf. Er kann keinen klaren Gedanken fassen, nur ein lautes Nein scheint sich in seinem Kopf auszubreiten und immer lauter zu schreien. Langsam wischt er mit seiner Hand übers Gesicht.

Dann schaut er Torsten an und fragt: „Bist du in Behandlung?"

„Ja, doch da ist nichts mehr zu machen."

Wolf sackt in sich zusammen. Genau diese Antwort hat er befürchtet und genau diese Antwort wollte er nicht hören. Sie ist so endgültig, so hoffnungslos, so unsinnig, dass er sie dennoch nicht begreifen kann und schon gar nicht glauben will. In seinen Ohren dröhnt es: „Nichts mehr zu machen. Nichts."

Laut und energisch fragt er: „Wer sagt das?"

„Nicole."

„Nicole? Wer ist Nicole?"

„Nicole ist meine Onkologin. Sie betreut mich

179

seit vier Monaten."

„Betreut? Bist du operiert worden?"

„Nein. Das wollte ich nicht."

„Aber das hätte dir helfen, dich retten können! Sicher gibt es noch Möglichkeiten."

Wolf gestikuliert mit beiden Händen und packt Torsten noch einmal fest an beiden Schultern.

„Du wirst doch nicht aufgeben!"

„Ich wollte keine Operation, sie hätte nichts geändert."

„Woher willst du das wissen?"

„Glaube mir, Vater!" Zum ersten Mal nennt er ihn Vater. „Ich habe mich gründlich beraten lassen."

„Hast du auch eine zweite, dritte Meinung eingeholt?"

„Auch das."

Wolf lässt die Schultern sinken. Er will noch so viel fragen, doch im Moment sitzt ihm ein Kloß im Hals, der kein Wort mehr herauslässt. Er wartet schweigend darauf, dass Torsten weiterspricht, was er schließlich auch macht.

„Ich hatte nach einem Grillfest heftige Bauchschmerzen und hielt sie für eine Magenverstimmung. Zu viel Fleisch, zu viel Alkohol. Seit einiger Zeit schluckte ich ohnehin nach jedem Essen eine Buscopan."

Torsten sieht an Wolfs Reaktion, dass er das

Medikament nicht kennt.

„Du weißt schon, aus der Werbung."

Wolf zuckt mit der Schulter.

„Gegen Reizmagen und so, was man frei in der Apotheke kaufen kann. Doch die Tabletten halfen nicht, die Schmerzen blieben. Außerdem war mir übel und ich bekam Durchfall. Alles nicht sehr appetitlich. Ich ging also zum Arzt und wollte mir ein Medikament verschreiben lassen, eines, das gegen meine Magenkrämpfe helfen sollte. Aber irgendwie ahnte ich, dass es sich um keine einfache Magenverstimmung handelte, sondern dass irgend etwas ganz und gar nicht in Ordnung war."

„Möchtest du etwas trinken?", unterbricht Wolf.

Torsten schüttelt den Kopf.

„Als der Arzt hörte, dass ich schon wochenlang herumexperimentierte, riet er mir dringend zu einer gründlichen Untersuchung."

Wolf nickt.

„Ich ließ mich also auf eine Sonografie ein."

„Was ist das?"

„Eine Ultraschalluntersuchung des Bauchraumes. Das war schnell erledigt, doch danach ging es erst so richtig los. Es folgten gefühlte hundert weitere Untersuchungen, die im Krankenhaus stattfanden, und zuletzt ein ausführliches Beratungsgespräch."

Wolf hört aufmerksam zu. Er saugt die Worte in

sich auf, als könnte er damit die Situation ändern.

„Der Arzt sprach von Operation, Bestrahlung, Chemo- und Medikamententherapie. Das hat mich erst einmal umgehauen."

„Verstehe", sagt Wolf mitfühlend.

Torsten denkt an die Zeit zurück, als ihn die Diagnose direkt lähmte. Er verfiel in eine Art Traurigkeit und fragte sich, ob das alles war, was er vom Leben erwarten konnte. Schließlich merkte er, dass er sich immer mehr gehen ließ, was überhaupt nicht zu ihm passte. Er musste die Krankheit sachlich angehen.

„Ich habe mich im Internet über sämtliche Möglichkeiten der Behandlung informiert und unzählige Patientenberichte gelesen."

„Das hätte ich wohl ebenso gemacht."

„Doch die vielen, sich widersprechenden Informationen haben mich völlig irritiert. Klar war nur sehr schnell, dass keine Aussicht auf Heilung besteht."

„Wieso? Das verstehe ich nicht."

Eigentlich verspürt Torsten keine Lust, seinem Vater ausführlich zu antworten. Es ist leichter, seinen unangenehmen Gedanken schweigend nachzuhängen als die Katastrophe laut auszusprechen. Er seufzt.

Wolf klopft leicht auf Torstens Arm, als wolle er ihm Mut machen, weiterzusprechen.

„Schließlich lernte ich Nicole kennen."

„Deine Onkologin."

„Genau. Sie ist so etwas wie mein persönlicher Berater der Behandlungskonzepte, ein Koordinator zwischen mir, den Ärzten und Pflegern."

„Das klingt gut." Noch einmal klopft er mit der Hand auf Torstens Arm. „Wozu hat sie dir geraten?"

„Eigentlich wollte sie, dass ich einer sofortigen Operation zustimme. Doch sie konnte mir nicht garantieren, dass dieser Eingriff mich rettet. Zumal einfach zu viele meiner Innereien herausgenommen werden müssten."

Erschrocken zieht Wolf seine Hand zurück und wischt sich damit übers Gesicht. Vor seinen Augen sieht er seinen Sohn im Krankenbett an Schläuchen und Geräten angeschlossen mit schmerzverzerrtem Gesicht an die Decke starren. Schnell schaut er aus dem Fenster und versucht, das grauenhafte Bild aus seinem Kopf zu verscheuchen und durch ein friedliches mit Sonne und Schnee auszutauschen.

„Sie sagte, ich sei ansonsten in einem sehr guten Allgemeinzustand – was immer das heißen mag. Doch der Tumor ist schon zu groß, eine Heilung schier unmöglich."

„Wozu dann diese Operation?"

„Ja, wozu? Es wäre eine rein lebensverlängernde Behandlung."

Torsten verzieht den Mund zu einem schiefen Lächeln. Er denkt an einen Artikel im Internet, wo von sechshunderttausend Infektionen pro Jahr im Krankenhaus die Rede ist, wovon sechs- bis fünfzehntausend Patienten daran sterben. Sterben kann er auch allein, dazu braucht er dieses zusätzliche Risiko nicht.

„Natürlich hänge ich am Leben. Ich bin jung, habe zwei süße kleine Mädchen ...“

Torsten schluckt. Er beendet den Satz nicht. Ihm ist derart elend zumute, dass er nicht weitersprechen kann. Am liebsten würde er sich irgendwo verkriechen.

„Eben! Du hast Familie. Du hast ihnen gegenüber Verpflichtungen, eine Verantwortung.“

Das ist Torsten sehr wohl bewusst. Doch in erster Linie hat er eine Verantwortung sich selbst gegenüber.

„Nicole nannte eine Chance von zwanzig Prozent. Doch was soll ich mit nur zwanzig Prozent?“

„Eine Chance ist eine Chance und die solltest du nutzen. Eine andere hast du nicht.“

„Das sagte Nicole auch. Doch wenn zu achtzig Prozent sicher ist, dass ich nur Schmerzen habe und somit unnötig länger leiden muss, ist das keine wirkliche Chance. Und eine Chemo habe ich von vornherein ausgeschlossen.“

„Warum?"

„Warum? Darum eben! Ich will sie nicht und damit basta."

Es ist nicht der Haarausfall oder die Übelkeit, das wären vorübergehende Begleiterscheinungen. Er sieht keinen Sinn darin, sein Leben künstlich zu verlängern, wenn doch sein Körper bereits von Krankheit zerfressen ist.

Er weiß, dass jeder Mensch sterben muss. Jeder. Doch seltsamerweise glaubte er immer, dass er selbst nie sterben müsste. Das ist absurd und ihm völlig klar.

„Was sagt denn Anja dazu?"

„Wieso?"

„War sie nicht dabei bei diesen so wichtigen Beratungen?"

Überrascht schaut Torsten auf. Dann versteht er und schüttelt den Kopf.

„Nein. Ich ging morgens ganz normal aus dem Haus, aber nicht in die Kanzlei, sondern zu den Untersuchungen und Gesprächen."

Wolf packt derb nach Torstens Arm und fragt: „Heißt das etwa, deine Frau weiß gar nichts von deiner Krankheit?"

Torsten nickt. „Sie weiß es nicht. Niemand weiß davon."

„Aber so funktioniert das nicht! Du musst unbedingt mit Anja sprechen!"

„Das hat Nicole auch von mir verlangt. Doch ich kann nicht."

„Du lebst aber nicht allein, du bist Teil einer Familie."

„Ich habe mit ihr gelebt, aber ich gehöre ihr nicht. Mein Leben gehört nur mir allein, genauso wie der Tod. Da muss ich allein durch."

Demonstrativ schaut Torsten aus dem Fenster, vorbei an seinem Vater. Er mag ihm nicht in die Augen sehen, in denen so viel Schmerz und Hilflosigkeit zu erkennen ist.

„Das kann nicht richtig sein."

Wolf schlägt mit der Hand auf den Tisch und trifft dabei das Schnitzmesser. Aus der frischen Wunde tropft Blut, das von den Hobelspänen aufgesogen wird.

„Du weißt besser als ich, was ich sollte und was nicht?"

Wolf antwortet nicht. Er ignoriert das Taschentuch, das ihm Torsten entgegen hält und greift nach dem Schnitzmesser. Seine Bewegungen sind eckig und steif, als er beginnt, am Wanderer zu arbeiten. Ein Stück vom Arm bricht ab. Wütend wirft er das Messer in die Ecke und wischt die Späne vom Tisch. Sie fallen auf den Boden.

„Ich will nicht, dass Anja mich schwach und elend sieht. Ich war immer stark. Sie konnte

sich auf mich verlassen. Nun verlasse ich sie. Endgültig. Sie soll mein Ende nicht miterleben und sich schon gar nicht ewig daran erinnern."
Wolf wischt sich mit der Hand über sein Gesicht, wobei er eine Spur aus Schmutz und Blut zieht. Dann greift er nach dem Taschentuch und schnäuzt umständlich hinein.

Erst vor wenigen Tagen hat er seinen Sohn wiedergefunden, den er fast vierzig Jahre lang schmerzhaft vermisste. Und nun soll er ihn wieder verlieren? So endgültig wie Tim? Das wird er mit Sicherheit nicht verkraften. Schon der Gedanke daran lässt seinen ganzen Körper verkrampfen.

Der Umgang mit Tims Tod und die Trennung und der Verlust von Frau und Kind hat ihn stark verändert. Er ist eher in sich gekehrt, lässt nur wenig von außen in sein Inneres und noch weniger nach draußen. Seine Gedanken behält er bei sich und schnitzt sie in seine Figuren oder läuft sie im Wald einfach fort.

Jetzt pulsiert es in seinem Kopf schmerzhaft. Am liebsten würde er hinaus in den Wald gehen und seine hilflose Wut hinausschreien. Doch er mag Torsten jetzt nicht allein lassen.

Torsten spricht weiter, doch er spricht so leise, dass seine Worte kaum zu verstehen sind.

„Bevor ich Anja verließ, war ich fies zu ihr, eigentlich zu allen. Ich habe alle, die mir etwas bedeuten, beschimpft."

„Aber warum?"

Wolf versteht den Grund nicht, weshalb sein Sohn alle, die er mag, absichtlich verletzte und noch weniger begreift er den Sinn solch einer absurden Handlung.

„Sie sollen glauben, dass sie während meiner letzten Stunden mein wahres, mein gemeines Ich kennenlernten. Sie sollen froh sein, dass ich weg bin."

„Glaubst du das wirklich?"

Torsten dreht sich weg.

„Ich muss. Anders ertrage ich es nicht."

„Dabei achtet man einen Menschen mit nichts so eindeutig wie mit Aufrichtigkeit."

Torsten hat seine Frau nicht belogen, er hat nur etwas verschwiegen. Und zwar allein deshalb, um sie zu schützen. Offenbar begreift das sein Vater nicht.

„Du sagst, du warst gemein zu ihr und zu allen, die dir etwas bedeuten. Heißt das, du bist ganz ohne Abschied einfach so verschwunden? Und das auch noch im Streit?"

Torsten zuckt mit der Schulter.

„Was hätte ich denn machen sollen? Anja wäre völlig verzweifelt, wenn sie von meiner Krankheit wüsste. Ihren Kummer hätte ich nicht mit ansehen wollen. Das hätte ich nicht ertragen."

„Also bist du einfach gegangen und hast dein Elend mit dir genommen. Entfliehen kann man ihm nicht."

Nachdenklich und zugleich traurig wischt er sich übers Gesicht.

Plötzlich springt Torsten auf und schreit: „Das sagt der Richtige! Glaubst du, du hast ein Recht dazu, mir Ratschläge zu erteilen?"

Direkt hasserfüllt schaut er auf seinen Vater herunter und würde am liebsten diesen Holzklotz von Wanderer nehmen und gegen die Wand schlagen, auf die scheußlichen Möbel, auf den Kopf seines Vaters.

„Stolz solltest du auf mich sein", brüllt er außer sich vor Zorn oder Verzweiflung. „Du warst mir genau das richtige Vorbild! Du hast mich und meine Mutter verlassen!"

„Ich weiß", antwortet Wolf ruhig. „Und genau deshalb weißt du, wie sich ein Kind fühlt, wenn der Vater ohne Abschied verschwindet."

Torsten schießen Tränen in die Augen. Ihm ist klar, dass Wolf Recht hat. Doch er hat sich entschieden. Alle seine Überlegungen während der letzten Wochen endeten damit, dass ein Abschied ohne Abschied am besten für alle ist. Für jetzt und auch für später.

„Ich weiß. Damit muss ich allein fertig werden."

„Du bist nicht allein. Du bist zu mir gekommen."

Torsten schüttelt den Kopf.

„Ich wollte gar nicht zu dir. Jedenfalls nicht bewusst. Ich wollte einfach nur weg von daheim und bin eher zufällig hier gelandet."

Möglicherweise war es gar kein Zufall. Möglicherweise ist er, ohne es zu wollen, in voller Absicht bei seinem Vater gelandet. Und möglicherweise war das ganz gut so. Denn Torsten ist sich darüber im klaren, dass er mit jemandem über seine Krankheit, seine ausweglose Situation reden musste. So schwer ihm dieses Geständnis über die Lippen kam, so erleichtert fühlt er sich jetzt, wo alles gesagt ist.

Etwas hilflos schaut er sich im Raum um. Viel gibt es nicht zu sehen. Sein Blick bleibt an den grün und lila karierten Kissen hängen, die sicher bereits seit vielen Jahren hier auf der Bank liegen.

„Ist gut, Junge. Nun bist du hier und es ist erst einmal richtig so."

Wolf überlegt, ob er jetzt einen Schnaps holen soll. Ihm ist danach, doch er weiß nicht, wie das auf Torsten wirkt. Der ist seinem Blick zur Flasche auf der Anrichte gefolgt und lächelt etwas schief.

„Hast du auch etwas anderes oder nur diese scheußliche Zirbe?"

Darüber muss Wolf lachen. „Marille hätte ich."

„Das kenne ich nicht, doch so schlimm wie das Kiefernzeug kann es kaum sein, oder?"

Erleichtert schenkt Wolf zwei Gläser mit Marillenschnaps ein.

„Auf dein Wohl, Junge. Du sollst es gut haben bei mir."

Er stellt sich lange Spaziergänge vor, Schlagen von Holz, gemütliche Stunden beim Essen, Trinken und Reden. Und das alles in der gesunden und klaren Luft hier am Grundlsee zwischen den Bergen. Das wird ihn kräftigen und am Leben halten.

„Wie lange?", fragt er und ärgert sich sofort über diese unwichtige und unsensible Frage. Doch er kann sie nicht zurücknehmen.

„Mir bleiben vielleicht zwei Wochen, vielleicht weniger."

Erschrocken stellt Wolf sein Glas ab. In dieser grauenhaft kurzen Zeit kann er nichts wieder gut machen. Es ist nicht einmal Zeit genug, um seinen Sohn richtig kennenzulernen. Ihn ergreift Panik. Er fühlt sich hilflos und fürchtet, in seiner Verzweiflung verrückt zu werden. Und gleichzeitig glaubt er, für Torsten stark sein zu müssen, ihn zu halten, zu trösten, zu begleiten. Wie soll das funktionieren, während ihn der Schmerz um das Sterben seines Sohnes zerreißt?

„Du musst jetzt nichts sagen", sagt Torsten. „Ich

kann in deinem Gesicht und deinem Körper lesen wie in einem Buch." Langsam nimmt er die Hand seines Vaters in seine. „Weißt du jetzt, weshalb ich meiner Familie nichts von meiner schweren Krankheit erzählen konnte? Fühlst du es?"

Darauf kann Wolf nur langsam müde nicken.

*****

Torsten fürchtet den Tod nicht. Er ist nur wütend auf ihn. Nicht auf den Tod allgemein, doch auf den, der zur falschen Zeit kommt.

Wie der seines Bruders, seiner Mutter, Jakobs Schwester und besonders sein eigener. Er will nicht jetzt schon seine ewige Ruhe haben. Aber an eine Auferstehung möchte er schon gar nicht glauben und wünscht sie sich auch nicht.

Die Natur, so schön sie auch sein mag, ist unbarmherzig. Die weißen Federwolken am Himmel, der in der Sonne glitzernde See gaukeln eine Idylle vor, die es nicht gibt. Wenn er nicht mehr am Leben ist, wird das Leben ringsum ungerührt weitergehen und die Natur wird im Frühling die Bäume und Blumen zum Leben erwecken. Die Menschen werden lachen und weinen und sich an Dingen erfreuen. Wie immer.

Schluss

Seit Torsten seinem Vater gestanden hat, dass er bald sterben wird, fühlt er sich wie gelöst, direkt frei. Er muss niemandem mehr etwas vormachen. Doch er spürt auch deutlich seine Kräfte schwinden. Er ist müde, erschöpft.

Er denkt an den Film gestern Abend, als eine Gruppe Bergsteiger in den Alpen abstürzte. Sie hatten sich im dichten Nebel verirrt. Die Hauptperson erlitt beim Sturz in eine Gletscherspalte einen Beinbruch, aber der Mann gab nicht auf und wartete vier Tage auf seine Rettung. Als man ihn fand, freute er sich - und starb. Das findet Torsten seltsam. Warum starb er genau in dem Moment, in dem er gerettet wurde? Seine Kräfte hielten vier Tage trotz Kälte, höllischer Schmerzen und ohne Nahrung. Hat ihm allein die Hoffnung auf Rettung die Kraft zum Durchhalten gegeben?

Er selbst darf sich keiner Hoffnung hingeben. Das wäre fatal und würde ihn verzweifeln lassen.

„Gott segne Sie!"

Erschrocken schaut Torsten auf. In seine Gedanken vertieft, hat er den Spaziergänger, der seinen Weg kreuzte, gar nicht bemerkt. Er wundert sich über diesen seltsamen Gruß, denn hier am Grundlsee sagt man „Griaß di!", wenn man jemandem begegnet.

Er hat kein Zeitgefühl mehr, so, als stünde die Zeit in ihm still. Er friert. Ihm ist entsetzlich kalt. So kalt, dass er kaum seine Beine bewegen kann. Das Laufen fällt ihm schwer. Zum Glück fühlt er keine Schmerzen, denn Nicoles Tabletten helfen immer zuverlässig und sofort. Doch bereits in den nächsten Tagen werden sie aufgebraucht sein und er weiß nicht, ob er sich hier am Rande der Welt neue besorgen kann.

Er fühlt sich einsam, obwohl sich sein Vater rührend um ihn kümmert, ohne ihn zu bemuttern. Sie gehen miteinander völlig normal um, laufen täglich eine kleine Runde durch den Schnee, essen hin und wieder im Gasthof und sprechen über Gott und die Welt. Dafür ist Torsten ihm unendlich dankbar.

Völlig erschöpft lässt er sich in den Schnee sinken und weiß, dass er hier nicht bleiben kann. Er wird erfrieren. Das müsste ihm gleichgültig sein, denn sterben wird er so und so. Das Ende scheint bereits sehr nahe zu sein, denn er braucht diese starken Medikamente gegen seine Schmerzen bereits fast jede Stunde.

Er lässt seinen Kopf auf die Knie sinken und würde am liebsten weinen wie ein kleines Kind, doch das würde nichts ändern.

Langsam schaut er hinauf zum Himmel und betrachtet die grauen Wolkentürme. Eine Dohle fliegt direkt über seinen Kopf, er folgt ihr mit den Augen.

Plötzlich fällt ein Schatten auf ihn. Ist ihm sein Vater nachgegangen? Doch dann hätte er Schritte hören müssen.

Vor ihm steht ein äußerst seltsamer Mann in weißem Hemd und ohne Schuhe. Obwohl Torsten solch eine Person noch niemals in seinem Leben gesehen hat, kommt sie ihm irgendwie bekannt vor.

„Frierst du nicht?", fragt er und zeigt auf das dünne Hemd und die nackten Füße.

Der Fremde lächelt und schüttelt seinen Kopf. Er breitet die Arme weit auseinander, so, als wolle er einen altbekannten Freund begrüßen.

Doch Torsten hat hier in der Fremde keine Freunde und schon gar keine, die barfuß im Hemd durch den Schnee laufen.

Ihn durchzuckt eine merkwürdige Erkenntnis und er weiß auf einmal, wer dieser Mann ist.

„Du bist mein Bruder!", ruft Torsten aus.

Gleichzeitig schimpft er sich selbst über diesen abartigen Einfall. Schließlich ist er ein real denkender Mann und lehnt spirituell ange-hauchte Gedanken energisch ab. Wird er langsam verrückt?

Leise fragt er: „Bist du nicht vor langer Zeit gestorben?"

Der Mann schüttelt wieder seinen Kopf und antwortet: „Das denken viele."

Doch Torsten kennt den Platz auf dem heimischen Friedhof, wo sein Bruder seit mehr als dreißig Jahren begraben liegt. Er hält den Hemdentyp für eine Halluzination.

Ihm ist übel und er hat das Gefühl, keine Luft zu bekommen. Sein Herz rast und er versucht, mit seiner Hand gegen die Brust zu drücken. Doch er kann sich nicht bewegen.

Ist es so, wenn man stirbt? Aber doch nicht heute! Nicht sofort. Ihn ergreift Panik. Er wird erfrieren hier draußen. Über diesen Gedanken muss er lächeln.

Plötzlich überkommt ihn eine angenehme Erleichterung. Um ihn herum ist es ruhig, als wäre die gesamte Umgebung, die ganze Welt zur Ruhe gegangen. Er friert nicht mehr und fühlt sich wohl und geborgen, obwohl er noch immer im Schnee sitzt.

„Kommst du mich holen?", fragt er leise.

„Holen? Nein. Ich will dich nur begleiten."

Weitere Veröffentlichungen von Petra Weise

Eine verhängnisvolle Diagnose
Kurzgeschichten, ISBN 9783734730962
Mein Hund Benno, Roman,
ISBN 9783734734939
Liebeslügen, Kurzgeschichten
ISBN 9783734792670
Ein halbes Leben, biografischer Roman,
ISBN 9783739210285
Ein ganz anderes Leben, biografischer Roman,
Fortsetzung, ISBN 9783741253911
Das Leben geht weiter, biografischer Roman,
Fortsetzung, ISBN 9783743124318
Farbige Geschichten, Kurzgeschichten,
ISBN 9783744834247
Der andere Vater, Roman,
ISBN 9783744895705
Eine unbestimmte Ahnung, Kurzgeschichten,
ISBN 9783746028873
Ich besuche dich trotzdem!, Roman,
ISBN 9783746077840
Ab in den Urlaub!, Kurzgeschichten,
ISBN 9783746025582
Die Freundin meines Mannes, Roman,
ISBN 9783752879001
Schweigen nach dem Anruf, Roman
ISBN 9783752896770

Sämtliche Titel sind auch als E-Book erhältlich

Petra Weise wurde 1954 in Freiberg/Sachsen geboren und lebt nach zahlreichen Wohnungswechseln durch Hessen und Bayern seit 1993 wieder in ihrer Heimat Sachsen.

Sie liebt das Erzgebirge mit all seinen Traditionen und fühlt sich auch in den Alpen wohl. Wenn sie nicht schreibt oder liest, wandert sie gern mit ihrem Hund durch den Wald oder spielt Klavier.

www.autorinpetraweise.de